답답한
재주를
가진
남자

답답한 재주를 가진 남자

〈라디오 노래 : 깊이, 바다보다 더 깊이 푸르게, 하늘보다 더 푸르게♪〉

요시코 : 난 평생 누군가를 바다보다 더 깊이 사랑한 적은 한
　　　　번도 없었어.

료　타 : 무슨 소리야?

요시코 : 넌 그런 적 있니?

료　타 : 나? 난 그런대로⋯⋯.

요시코 : 없을 거야, 보통 사람들은. 그래도 살아가는 거야, 날
　　　　마다 즐겁게.
　　　　그럼, 그런 적 없어서 살아갈 수 있는 거야. 이렇게 하
　　　　루하루를 그래도 즐겁게.

료　타 : 복잡하군.

요시코 : 단순해, 인생이란 거 단순해.

　　　　　　　　　　　　　—고레에다 히로카즈, 〈태풍이 지나가고〉에서

학원 명성에 힘입어서인지 강사 회전율은 무척 좋았다. 적게는 일주일부터 많게는 십 년 차까지 강사는 다채롭고 무궁무진했다. 원장은 이러한 시장 논리를 알고 있어서인지 가는 강사 잡지 않고 오는 강사 막지 않았다. 이제는 떠나버린, 그와 함께 학원을 이룩한 개국공신들은 돈이 그의 인성을 개조하고 재탄생시켰다며 혀를 찼다. 이미 퇴직한 강사로부터 급여나 퇴직금 관련 소송도 하루가 멀다 하고 이어졌지만, 그 안에서 원장과 관계를 맺고 있는 강사들은 그 소송이 언제 어떻게 진행되는지 관심을 두지 않았다. 나 역시 돈다발과 함께 영원할 것처럼 굴었다.

어퍼컷

복싱 기술 중 근접 거리에서 사용하기 좋은 기술이 있다. 바로 어퍼컷Uppercut이다. 아주 가까운 거리에 있는 상대방이 상체를 숙일 때 이를 놓치지 않고 아래에서 위로 주먹을 날려 턱을 맞추는 동작이다. 빠르고 짧게 쳐주는 것이 관건인데, 상대방이 몸을 숙이는 타이밍을 놓치지 않을 경우 그대로 다운시킬 수 있다. 복싱에 대해선 전혀 아는 바 없는 내가 어퍼컷이라는 동작을 이토록 자세히 아는 이유는 바로 두 살 아래 남동생 덕분이다.

우리 남매의 얼굴에도 청춘의 상징인 여드름이 무성하던 시절, 동생은 친구들과 체육관에 드나들며 복싱을 배웠다. 그는 복습한다는 핑계로 내 방에 들어와 나에게 그날 배운 복싱 기술을 보여주곤 했는데, 한참 감수성에 목말랐던 나는 잽을 날리며 방정을 떠는 동생을 대놓고 무시했다. 그러던 어느 날, 시시한 반응을 보이는 누나를 향해 녀석은 장난삼아 어퍼컷을 휘둘렀고, 나는 그 자리에 엎어져 한동안 정신을 잃었다. 뜨겁던 여름날 동생에게 얻어터졌던 기억은 다시 들춰봐도 얼얼하다. 이토록 생생한 기억을 다시금 상기시켜준 사람이 있었으니 바로 '강동희'다.

*

오늘따라 중딩들은 이미 어린이가 아님에도 어린이날 학원에 와 있다는 사실에 잔뜩 화가 나 있었다. 수업 시간 내내 자신들을 가여워하며 나에게 징징거렸다.

"얘들아, 난 오늘 밤 10시까지 수업이야."

나를 빌미로 그들을 위로하려 했건만 중딩들은 작정하고 무섭게 덤벼들었다. 뭐하러 그렇게 사냐, 빨리 살을 빼서 결혼이나 해라, 얼른 아이를 낳아서 놀러 가라, 노처녀 선생이 이래서 싫다, 휴일에 일하는 것도 자랑이냐

등등 갖은 인신공격을 쏟아냈다. 그럼에도 아랑곳하지 않고 수업을 이어가려 하자 아이들은 또 한 번 나를 향해 야유를 퍼붓고 더럽게 하기 싫다는 표정으로 버텼다. 나는 인심 쓰듯 수업 10분 전 아이들에게 자유를 주었고, 아이들은 기뻐 날뛰며 순식간에 흩어졌다. 어차피 크게 할 일도 없으면서 휴일에 공부를 한다는 건 예나 지금이나 참 억울한 모양이다. 요즘 한창 중2병에 시달리는 현우만이 잠자코 앉아 나와 눈이 마주치기를 기다리고 있었다.

"현우, 무슨 할 말 있니?"

"쌤, 저 이제 학원 안 다녀요."

"왜?"

"엄마가 다니지 말래요."

"그렇구나. 선생님이 어머니랑 통화해볼게."

현우는 가방에서 뭔가 주섬주섬 꺼내 내 앞에 놓았다. 카네이션 모양으로 만들어진 막대 초콜릿이었다.

"스승의 날엔 안 올 거니까 미리 드리는 거예요."

"현우밖에 없네, 고맙다."

"샘, 빨리 결혼하세요. 늙어서 결혼하면 자식만 고생이에요."

녀석은 나를 위한 건지 저를 위한 건지 모를 말을 남긴 채 가버렸다. 연세 지긋한 현우 엄마는 전화만 하면 늦둥이 아들이 변해도 너무 변했다며 몇 십 분씩 푸념을 늘어놓았다. 푸념을 받아준 대가로 현우는 계속 학원에 왔다. 올해 들어 벌써 세 번째다. 한 명의 수강생이 아쉬운 상황에서 오늘 꼭 전화를 걸어야 하지만 너무 전화하기 싫다. 오늘은 어린이날 아닌가. 혼자 몸부림을 치고 있는데 막 수업을 끝낸 곽 팀장이 강의실 문을 열고 들어왔다.

"그게 뭐야?"

나는 현우가 주고 간 카네이션 초콜릿을 흔들어 보이며 스승의 은혜를 불렀다.

"아이고, 부러워 죽겠다."

곽 팀장은 전혀 부럽지 않은 투로 말하고는 밥 먹으러 가자고 했다. 나는 턱이 빠지도록 하품을 하며 따라나섰다.

학원은 따지고 보면 연중무휴다. 그걸 아는 사람은 별로 없다. 학원 강사가 되기 전에는 사실 나도 잘 몰랐다. 내가 어릴 때는 공휴일이나 주말에 학원을 다니지 않았는데 지금 애들은 성탄절이나 명절에도 꼬박꼬박 학원에 온다. 학원 강사가 된 이후 나 역시 아이들처럼 공휴일에 무뎌졌다. 남들이 출근하는 시간에 잠을 자고, 점심 먹는 시간에 출근을 하고, 퇴근하는 시간에 가장 바쁘게 일하니까. 엄마는 아침잠이 많은 나에게 최적의 직업이라고 입버릇처럼 말해주었지만, 버젓이 서울권 4년제 대학을 졸업한 딸이 선택한 직업으로는 남부끄러워했다. 만족스러운 용돈을 쥐여줘도 그때뿐 엄마의 자랑거리는 늘 삼수 끝에 9급 공무원이 된 남동생이었다. 내가 강사 생활 5년 차에 접어들도록 직업에 대한 자부심을 갖지 못하는 건 엄마 때문인지도 모른다.

남들이 선택의 여지없이 일해야 하는 날이 휴일이다 보니 사람들과 휴일 사이클은 언제나 뒤틀렸고 나는 자연스레 모든 만남이나 약속에서 제외되었다. 친구들이 휴가 계획을 세우며 한참 들떠 있을 때 나는 학부모들을 현혹할 방학 특강 프로그램이 뭐가 있을까 머리를 쥐어짜다가 복잡한 휴가를 마친 사람들이 노곤한 몸을 이끌고 바삐 출근한 다음에야 생뚱맞고 휑한 휴가를 떠날 수 있었다.

곽 팀장은 오늘도 김밥천국에 앉아 올여름 성수기 해외여행 인파가 작년보다 두 배나 늘었다며 비수기에 여행을 떠날 수밖에 없는 자신의 처지를 횡재한 듯 기뻐했다. 매일 보는 곽 팀장과 매년 비수기 여행을 떠나야 한다고 생각하니 철 지난 과일을 저렴하게 산 것 마냥 맥빠지고 시들시들한 기분이 들었다.

"애 엄마가 도대체 개념이 없어요. 아무 때나 들이밀고 보충해 달래."

곽 팀장은 두 볼이 미어터지도록 김밥을 밀어 넣더니 허겁지겁 일어나 가버렸다. 나는 남은 김밥과 쫄면을 뒤적거리며 휴대폰 속 맛집을 기웃거렸다. 새하얀 생크림을 뒤집어쓴 초콜릿 케이크가 까만 속살을 드러내고 있었다. 한 입 베어 물고 싶다고 생각한 순간, 입속에서 우적우적 단무지가 씹혔다. 푸드 포르노 시대라더니. 나는 변태가 될 것 같아 얼른 휴대폰을 닫고 남은 쫄면과 김밥을 맛없고 배부르게 먹어치웠다.

*

내가 근무하는 학원은 이름난 학원가 사거리 초입에 자리 잡고 있다. 근처 초중고 아이라면 누구나 한 번쯤 수강생 명단에 기록될 만큼 익숙하고도 유명한 곳이다. 학원 앞은 종종 만남의 장소로도 활용되어 수강생이 아니어도 늘 사람들로 북적거렸다. 100평 대지에 들어선 5층짜리 건물은 1층을 제외하곤 모두 학원으로 사용되고 있다. 아이들은 학교에서 또래들과 실컷 먹고 자고 뛰놀다가 방과 후 이곳에 모여 내신이나 모의고사를 대비해 자정이 가깝도록 수업을 받는다.

우리가 '돈다발'이라며 낮잡아 부르는 원장은 10년 전, 막 입주가 시작된 신도시 아파트 내 여덟 평짜리 상가에 수학학원을 차렸다. 십 년 동안 학원에 매달려도 손익분기점에서 벗어날 수 없던 그는, 어느 날 뭔가에 홀린 사람처럼 대대적인 은행 대출을 감행했고, 지금의 학원 건물을 매입해 종합학원을 세웠다. 그는 자신의 성공 비결을 새로 생긴 대형마트에서 찾았다. 모든 물건이 총집합된 그곳에서 정신없이 물건을 주워 담는 사람들을 보며 원장은 유레카를 외쳤다고 한다. 정말 촉이 좋은 건지 운이 좋은 건지 금방 망할 거라는 주변 예상과 달리 학원은 승승장구했다. 그는 연 매출 십억 원, 삼천여 명에 이르는 수강생, 학원 이름을 딴 프랜차이즈 등 대기업 못지않은 솜씨로 사업을 부풀려나갔다. 학원이 번창하니 고만고만했던 주변 상가들도 대박이 나면서 학원을 에워쌌고 지금은 전국적으로 이름난 학원가街가 형성되었다. 그의 드라마틱한 인생 역전기는 학원 경영을 하는 사람들에게 신화가 되었고, 그의 촉을 이어받고자 하는 사람들은 죄다 그의 자서전을 펼쳐보았다. 로또 당첨과 견줄만한 행운을 거머쥔 원장은 사업 소득세 신고의 달만 돌아오면 묻지도 않은 자신의 납세 액수를 들먹이며 강사들에게 앓는 소리를 했다. 국가가 자신에게 해준 게 뭐가 있냐며 벌건 얼굴로 짜증을 부리곤 했지만 결국 자기 자랑을 에

둘러 한다는 것쯤은 누구나 알고 있었다.

사실 학부모나 학생들의 짐작과 달리 이곳에서 받는 나의 급여는 하는 일에 비해 형편없다. 하지만 학원 명성에 힘입어서인지 강사 회전율은 무척 좋았다. 적게는 일주일부터 많게는 십 년 차까지 강사는 다채롭고 무궁무진했다. 원장은 이러한 시장 논리를 알고 있어서인지 가는 강사 잡지 않고 오는 강사 막지 않았다. 이제는 떠나버린, 그와 함께 학원을 이룩한 개국공신들은 돈이 그의 인성을 개조하고 재탄생시켰다며 혀를 찼다. 이미 퇴직한 강사로부터 급여나 퇴직금 관련 소송도 하루가 멀다 하고 이어졌지만, 그 안에서 원장과 관계를 맺고 있는 강사들은 그 소송이 언제 어떻게 진행되는지 관심을 두지 않았다. 나 역시 돈다발과 함께 영원할 것처럼 굴었다.

그가 이토록 두둑한 배짱을 튕기는 데는 몇 가지 이유가 있다. 첫째, 학원의 모든 시스템이 돈다발의 손아귀에 달려 있다. 자신의 호불호에 따라 강사들의 수업 시수 時數가 결정되다 보니 원장이 잠시라도 자리를 비울라치면 학원의 모든 상황은 올 스톱 되었다. 언젠가 한 번은 그가 과로로 쓰러진 적이 있었는데 때마침 강사들의 월급 명세서가 엉뚱한 사람에게 발송된 것이다. 학원 측에서는 회계 담당의 실수라고 했지만, 강사들은 믿지 않았다. 원장이 일부러 서로를 경계하도록 만들기 위해 꾸민 일이라고 생각했다. 어쨌든 서로 금기시했던 월급이 공개되면서 강사들은 알게 모르게 급여로 인한 서열이 생겨나게 되었고, 무엇보다 나와 곽 팀장은 일타(일등 스타 강사의 줄임말) 영어강사와 같은 직함을 가진 걸 영광으로 알아야 했다. 그들의 연봉은 우리 곽 팀장보다 자그마치 5배나 많았기 때문이다.

둘째, 강사진을 비롯해 학원 내 상담실 직원이 모두 여성이다. 딱히 의도하진 않았다지만 원장이 모든 직원을 채용하는 이상 당연한 결과였다. 그는 능력이나 열정보다 경력단절이나 맞벌이를 해야 하는 절실한 상황에 놓인 여성들을 채용함으로써 충성도를 높였다. 채용된 여성들은 돈다발의 성희롱을 능가하는 손버릇과 시궁창스러운 농담에도 웃어줄 준비가 되어 있었다. 변변치 못한 얼굴이라는 발언은 애교에 가까운 것이었고, 어떻게 그 얼굴에 화장을 안 할 수 있느냐, 히프가 너무 크고 바스트는 너무 작아 몸의 비율이 안 맞는다, 할 수만 있다면 엉덩이에 붙은 살을 가슴으로 끌어올려주고 싶다, 자신이 아는 성형외과가 있는데 그곳에서 견적을 뽑아봐라, 자신이 싼 이자로 대출을 주선해주겠다 등 상대방 기분이 불쾌해질 것을 뻔히 아는 말들을 던지며 유머 감각이 뛰어나다고 착각했다. 하지만 채용된 강사들은 그의 농지거리를 방청객 알바보다 뛰어난 리액션으로 띄워주거나 그의 말에 대구對句를 이뤄 응답하는 노력을 기울였다.

"권뚱, 옷이 왜 그래?"

어느 전체회의 날 아침, 나의 새 옷이 돈다발을 거스르게 한 적이 있었다. 강사들은 구석자리에 앉은 나를 응시하며 이 엿 같은 상황을 어떻게 모면해 나갈지 지켜보았다. 나는 말없이 '내 옷이 어때서?'라는 표정으로 그를 바라보았다.

"포대 자루를 뒤집어쓴 줄 알았지. 뚱뚱함을 강조하는 패션인가?"

몇몇 강사들이 피식거리자 원장은 더욱 이죽거렸다.

"설마 돈 주고 산 건 아니지?"

설마 내 돈 주고 산 내 옷이 문제가 될 줄이야. 나는 어떤 대답을 기대하는지 도대체 감이 오지 않았다. 어떤 센스도 발휘하지 못한 채 그대로 얼어붙어 있는데 곽 팀장이 조그만 소리로 나를 거들었다.

"저, 저랑 같이 골랐는데요."

"뭐라고?"

"앗, 죄송합니다."

곽 팀장이 급히 사과하는 시늉을 하며 머리를 조아렸다. 강사들은 일제히 웃었다. 곽 팀장도 웃었다. 웃기지 않았지만 나도 따라 웃었다. 가까스로 우리는 위기를 모면할 수 있었다.

그날 이후, 곽 팀장과 나는 돈다발의 눈에 띄지 않기 위해 꽁꽁 숨었다. 우리가 할 수 있는 최대치의 반항은 그의 우습지도 않은 농담을 못 들은 체하거나 구석에 찌그러져 딴청을 피우는 것뿐이었다. 다행인지 불행인지 그는 우리가 염려하는 것보다 우리의 존재를 잊어버릴 때가 훨씬 많았다.

*

중간고사를 앞두고 학원 보강이 쉴 틈 없이 이어지던 어느 날, 프랜차이즈 사장단 회의에서 돌아온 원장은 돈독이 잔뜩 오른 얼굴로 팀장들을 불러 모았다. 그리고 주말에 논술 수업을 개시하겠다고 공표했다. 내신 전문 학원 특성상 주말에는 보충수업이나 저렴한 특강을 이어가고 있었는데, 이를 도저히 두고 볼 수 없던 그가 무릎을 탁 치며 만들어낸 계획이었다. 말이 끝나기 무섭게 논술 강사를 채용한다는 공고가 취업 정보 사이트마다 올라갔고, 대대적인 설명회를 개최할 근처 구민회관이 예약되었다. 원장은 논술 수업에 대한 커리큘럼이나 가르칠 교재에 대한 논의 한 번 없이 수업 시간표부터 짜고 설명회 날짜를 확정하여 전단 광고를 내보냈다.

일을 착수한 지 사흘 만에 전단 광고는 신문 보급소에서 각각의 가정으로 배달되었고 홈페이지에는 설명회를 알리는 팝업pop-up 창이 거추장스럽게 떠다녔다. 설명회 전날까지 학원 5킬로미터 반경 내 아파트 및 교문 앞에선 쉴 새 없이 전단지가 뿌려졌다. 정식 수업은 여름방학 이후에나 시작될 예정이었지만 그의 촉은 말하고 있었다. 오직 중간고사 기간만이 수강생을 확보할 수 있다고. 그러다 보니 상황은 매우 분주하게 흘러갔고 내실보다는 허울에 정성을 기울이는 학원답게 설명회 준비를 해나갔다. 강사들은 원장의 촉에 발맞추기 위해 몸이 세 개라도 모자란 중간고사 기간을 쪼개고, 나누고, 틈을 내 새롭지도 않은 커리큘럼을 신선해 보이도록 가다듬었다. 설명회를 앞두고 상담실에서는 수강생 부모들에게 일일이 전화를 걸어 외부인과 함께 참석하면 사은품을 증정하겠노라 약속했고, 학부모들은 너도나도 참석 의사를 밝혀왔다. 나름 산다는 동네도 공짜에 대한 갈망은 뜨겁다는 걸 실감하는 순간이었다.

마침내 설명회 날이 다가왔다. 원장은 서글서글한 말투와 능글거리는 사십 대 후반의 여유를 버무려 논술이 학생들에게 꼭 필요한 수업임을 강조했다. 하지만 '왜'

필요한지는 설명하지 않았다. 일단 등록만 하면 깊은 사고력은 저절로 향상될 거라고 자신했다. 문득 어린 시절 할머니를 따라 구경 간 서커스에서 '일단 한 번만 잡숴봐'라며 밀가루로 만든 약을 권하던 약장수가 떠올랐다. 강사들은 설명회가 끝난 뒤 학부모들을 붙들고 입이 마르고 닳도록 수강을 권유했다. 나 역시 논술 수업을 등록하면 수강료의 20%를 할인해주겠다며 입에서 단내가 나도록 설명했다. 학부모들은 아주 귀감이 될 만한 교육 정보를 얻었다고 입을 모으면서도 선뜻 등록하려 들지 않았다.

며칠 뒤, 논술 전형을 대대적으로 확대할 방침이라는 내년도 입시 안이 보도되었다. 엄마들은 앞다퉈 국어 수업을 취소하고 논술 수업을 신청했다. 강사들은 무서우리만치 정확히 들어맞은 원장의 촉에 혀를 내둘렀다. 그는 행운의 상징이나 점쟁이의 예언처럼 또 하나의 신화를 만들어내고 있었다. 문제는 국어 팀인 우리의 밥그릇에만 비상이 걸린 것이다. 이에 돈다발은 우리를 살리려는 자구책이라며 '논술＝국어'라는 공식을 성립시켰고,

아침부터 우리를 호출했다. 나는 한참 잠에 취해 있을 시간에 무작정 나오라는 그의 횡포를 헐뜯으며 학원으로 향했다. 가는 내내 하품이 그칠 줄 몰랐다.

원장실에 들어서자 여고생쯤으로 뵈는 앳된 여자가 중얼거리며 책을 읽고 있었다. 그는 가볍게 눈인사를 하면서도 계속 입을 중얼거렸다. 나는 맞은편에 앉아 끝없이 하품을 했다. 원장과 곽 팀장이 도착하기 직전까지 한마디도 나누지 않은 우리는 마주 앉아 책을 보고 하품을 했다. 그는 바로 누가 뭘 해야 할지 아무도 모르는 논술 수업에 무턱대고 채용된 '강동희'였다.

원장은 논술에 관한 책을 꽤나 훑어봤는지 설명회 때와는 판이하게 아주 전문적이고 체계적으로 설명을 늘어놓았다. 그의 말을 듣다 보니 나조차 논술 수업에 관한 깊은 관심과 오랜 사색이 느껴지는 듯한 착각을 경험했다. 나와 곽 팀장은 그의 말에 쉼표를 찍어주듯 고개를 끄덕이며 무심결에 들리는 단어들을 받아 적고 있었다. 반면, 강동희는 필기는 고사하고 단 한 번도 고개를 주억

거리지 않았다. 곽 팀장과 나는 슬슬 원장의 눈치를 살폈다. 원장의 어조는 처음과 달리 점점 장황하고 자신 없어졌다. 이때 강동희가 가볍게 손을 들더니 물었다.

"원장님 말씀은 논술 수업에 관한 어떤 구체적인 안案도 없다는 말씀인가요?"

곽 팀장은 원장의 말이 여태껏 그 뜻이었냐며 믿을 수 없다는 듯 나를 바라봤다. 나 역시 어깨를 으쓱하는 것으로 모르겠다는 표시를 했다. 원장은 잠시 당황하는가 싶더니 발끈하지 않고 인자하게 웃었다. 평상시 원장에게서 볼 수 없던 태도였기에 곽 팀장과 나는 의미 없는 필기를 멈추고 희귀한 광경을 지켜보았다. 늘 현란한 입담으로 학부모들의 등록을 유도하던 돈다발은 무척 고심하며 대답을 고르는 듯 보였다. 강동희는 변함없이 꼿꼿한 자세로 앉아 대답을 기다렸다.

"맞아. 아주 핵심을 꿰뚫는군. 그래서 내가 강동희 씨 같은 인재를 선발한 거야. 안 그런가?"

원장은 속내를 들킨 사람처럼 헛기침을 두어 번 하고 껄껄 웃었다. 우리도 덩달아 깔깔 웃었다. 하지만 강동희는 웃지 않았다. 돈다발은 자세를 고쳐 앉고 다시 진지한 얼굴로 돌아와 강동희의 역할이 앞으로 얼마나 중요한 지 설명했다. 원장의 말에 단 한 번도 고개를 끄덕이지 않던 강동희는 4대 보험 적용 여부와 학원 내 월급 체계에 관해 꼼꼼히 따져 물었다. 그 덕분에 곽 팀장과 나는 입사 후 처음으로 월급 정산이 어떻게 이뤄지는지 알게 되었다. 강동희가 근로 계약서를 작성하는 것으로 모든 상황은 마무리되었다. 이로써 곽 팀장, 나 그리고 강동희 세 사람은 '통합논술 팀'이 되었다.

*

강동희는 학원 내 강사 중 가장 나이가 어렸다. 하지만 얕잡아 보려고 했다간 금세 돌변해 상대방의 허를 찔러 망신을 줬다. 또, 그만의 상식을 초월한 말과 행동은 강자와 약자의 관계를 기묘하게 뒤집어놓았다. 그리하여 강자는 매번 그의 앞에서 눈치를 보며 말을 아꼈고, 약자는 그의 뒤에서 회심의 미소를 지었다. 강동희는 학원 내 모든 강사와 직원들이 모이는 전체회의에서도 의도치 않게 자신의 존재감을 드러내고 말았다.

원장이 월급 명세서를 공개한 이후 생겨난 강사들 간 서열은 쉽사리 사라지지 않았다. 오히려 전체 회의 때마다 신경전이 오갔다. 회의 동안 내뱉는 발언 횟수나 앉은 자리는 서열을 확인시켜주는 중요한 수단이 되었다. 아무리 일찍 온다 해도 자신이 앉아야 하는 자리는 이미 정해져 있었다. 골드미스라 불리는 강사들은 자신의 핫hot한 신상 구두를 뽐낼 수 있도록 맨 앞자리에 배치되었다.

어느 날, 지각을 모르는 강동희가 제일 먼저 도착해 떡하니 맨 앞자리, 그것도 정중앙에 앉아 있던 것이다. 고개를 푹 숙이고 책에 빠진 강동희는 뒤늦게 등장한 골드미스 무리가 아무리 눈치를 줘도 비켜날 줄 몰랐다. 결국 그들은 강동희를 향해 눈을 흘기며 원장이 오기만을 기다렸다. 하지만 애석하게도 원장은 한 시간이 넘도록 나타나지 않았다.

"원장님 어제 과음해서 뻘라 됐답니다. 참 고맙게도 이제야 연락을 해줬네요. 점심은 원장님이 쏘신다니 각자 알아서 드시고 영수증 제출하기 바랍니다."

데스크 막내의 말이 끝나기 무섭게 강사들은 우르르 밥을 먹으러 나갔다. 늦잠을 자고 허겁지겁 달려온 나는 상황 파악이 안 돼 곽 팀장을 찾았다. 맨 뒤에 앉아 모든 상황을 지켜보던 그는 뭐가 그렇게 신났는지 내가 도착하자 벌떡 일어나 강동희를 향해 힘차게 외쳤다.

"막내야, 밥 먹으러 가자!"

그날 이후 아무도 쓰지 않는 학원 커뮤니티 건의사항 폴더에 처음으로 원장에게 보내는 글이 올라와 화제가 된 적이 있었다. 내용인즉슨 이랬다.

'학원의 대표라고 해서 예외가 될 수는 없습니다. 많은 사람들의 시간을 허비하게 만든 부분에 대해선 반드시 사과해주십시오. 또한 다시는 이런 불상사가 발생하지 않도록 시간 엄수 부탁드립니다. 강사 강동희 올림.'

한편으론 눈치가 없는 듯했지만 그는 누구의 눈치도 보지 않았다. 차안대遮眼帶를 두른 경주마처럼 자신이 늘 옆에 끼고 다니는 책 이외엔 도통 관심이 없었다. 옆에서 누가 인사를 하는지, 뒤에서 누가 자신을 씹어 재끼는지 상관하지 않았다. 우리도 물론 예외는 아니었다. 모든 업무에서 빠지고 피하고 묻어가던 곽 팀장은 강동희가 합류한 뒤부터는 빠지지도 피하지도 묻어갈 수도 없게 되었다. 나 역시 게으름을 자랑으로 삼던 라이프스타일을 더 이상 유지할 수 없었다. 강사 생활 5년 만에 이런 인간상은 처음이었다.

*

원장은 우리를 불러 앞으로 가르쳐야 할 논술 교재를 제작하라고 지시했다. 내용이 괜찮으면 정식 출판도 함께 고려해 보겠다고 일렀다. 만약 출판이 된다면 세 사람의 이름을 저자명^{欄}에 넣어주고 인세도 두둑이 챙겨주겠다고 말했다. 우리는 출판은커녕 무엇부터 손을 대야 할지 몰라 막막했다. 곽 팀장은 일단 시중에 나와 있는 논술 교재들을 둘러보고 괜찮은 책 몇 권을 골라 짜깁기를 하자고 했다. 그렇게 하지 않으면 셋이서 기한 내에 교재를 완성할 가능성은 희박했다. 넋두리를 쏟아내던 곽 팀장은 잠자코 앉아 우리의 대화만 듣고 있는 강동희의 눈치를 살폈다. 좋다는 건지 나쁘다는 건지 알 수 없는 표정이 언짢았는지 곽 팀장은 슬그머니 따져 물었다.

"깡쌤은 왜 말이 없어? 뭐 뾰족한 수라도 있어?"

"네, 제가 미리 교재 제작을 염두에 두고 계획을 짜봤는데요."

강동희에겐 정말 뾰족한 수가 있었다. 그가 짜온 기획안에는 학년별로 1년 치 커리큘럼이 체계적으로 정돈되어 있었다. 그뿐만 아니라 교재와 발맞춰 공부할 추천도서들이 두세 권씩 곁들여 적혀 있었다. 선정도서는 이미 그가 모두 읽고 검토를 마친 상태였다. 핵심 키워드를 잡고 주제별로 챕터를 나눈 뒤 최근 이슈와 결부시켜 생각해볼 거리를 만들었다. 토론이 가능하도록 여러 가지 합당한 근거들을 제시하고 이를 토대로 글쓰기를 해볼 수 있도록 꾸려져 있었다. 학생이 논술 수업을 꾸준히 수강했을 경우 기대되는 학습 효과까지 꺾은선그래프로 제시

되어 있었다. 그래프는 차근차근 상승 곡선을 그리며 아주 예쁘게 뻗어나가 있었다.

감격한 곽 팀장은 곧장 돈다발에게 달려가 자신이 만든 기획서 마냥 자신 있게 내보였다. 돈다발은 꼼꼼하게 기획서를 훑어보는 척했지만 입가 사이로 줄줄 새는 웃음을 숨길 순 없었다. 결국 그는 찢어질 듯 웃으며 말했다.

"하하하하, 내가 사람 볼 줄 안다니까. 굳이 옆구리 찌르지 않아도 본인이 척척 찾아 일을 하니 얼마나 좋아! 무조건 정식 출판 가고 초판 만 부 찍자!"

원장의 목소리엔 진한 흥분이 배어 있었다. 그는 우리에게 각각 10%씩의 인세를 주겠다며 무조건 열심히 만들어보라고 했다. 필요한 것이 있으면 무엇이든 지원을 아끼지 않을 테니 언제든 말만 하라고 했다. 나와 곽 팀장은 입사 이래 처음으로 받아보는 칭찬에 어쩔 줄 몰라 했다. 늘 눈엣가시처럼 거슬리기 짝이 없던 '곽 팀장 외 1인'이었건만 이토록 커다란 존재감을 끼치게 될 줄이야. 돈다발은 선정도서와 발췌에 필요한 참고도서까지 지원해주었다. 그뿐만 아니었다. 점심과 저녁은 물론 통째로

쓸 수 있는 강의실까지 제공받았다. 학원 측의 파격 대우에 힘입어서인지 힘들지만 힘들지 않았다. 다른 강사들은 관심 없는 척했지만 실은 우리들이 얼마나 잘하는지 숨죽여 지켜보고 있었다.

우리 국어 팀은 강동희를 등에 업고 점점 어깨에 힘을 실어갔다. 하지만 즐거움도 잠시, 강동희라는 날벼락은 우리에게 휴일은 고사하고 잠도 제대로 잘 수 없는 날들만 선사해주었다. 팀장이라는 이유로 적당히 손 안 대고 코 풀 줄 알았던 곽 팀장은 세 사람이 일할 분량을 철두철미하게 나누고 쉼 없이 닦달하는 그의 앳된 혈기에 매일 도망치고 싶어 했다. 수업에 시달리는 것도 모자라 그 틈새를 만들어 교재를 제작하기란 결코 쉬운 일이 아니었다. 강동희만 읽으면 될 줄 알았던 방대한 양의 선정도서는 우리도 철저하게 읽어 내려가야 했다. 곽 팀장과 나는 의도치 않은 인문학적 소양이 쌓이는 만큼 나날이 늙어갔다.

"우리 여름휴가 다시 예약해야 하는 거 아냐?"

"왜요?"

이해 못 한 나는 되물었다.

"이렇게 열심히 하는데 유럽 5개국 정도는 돌고 와야 하는 거 아니냐고. 동남아로 때우기엔 너무 억울해지려고 한다."

우리가 김칫국으로 목을 축이는 사이, 강동희는 교재 만드는 일에 더욱 박차를 가했다. 그는 일상생활에서 지켜야 할 먹는 것, 입는 것, 자는 것 등등의 욕구를 교재 제작 욕구와 맞바꾼 듯 보였다. 그날 이후 교재가 나오기까지 한 달 반 동안 우리는 강동희로부터 죽다 살아났다.

수업이 없는 날이면 빈둥거리기 좋아하는 나에게 강동희는 시도 때도 없이 전화를 걸었다. 자료를 보냈으니 검토해라, 수정본을 보냈으니 검토해라, 원장에게 교재 방향을 설명해줬느냐, 이해하더냐, 이 책은 어떤지 읽어봐라, 판단해 달라, 살펴봐 달라 등등 되면 되는 이유를 안 되면 안 되는 이유를 조목조목 따져 물었다. 우리는 그에 합당한 이유를 만들어내기 위해 돌아가지도 않는 머리를 굴리느라 뇌가 폭발할 것만 같았다. 결국 마감으로 잡혀 있던 날짜보다 하루 앞당겨 우리는 모든 일을 끝마쳤다. 이로써 총 3권의 논술 교재가 탄생하게 되었다. 강동희는 우리가 탄생시킨 값진 결과물이라고 했다. 삶에 생기가 돋아나고 있었다. 살면서 한 번도 맛보지 못한 기분 때문인지 세상이 다 충만해 보였다. 벅찬 심경을 직접 눈으로 확인할 수 없다는 사실이 아쉬울 지경이었다. 마지막 오탈자를 검토하고 USB에 안전하게 담긴 것을 확인한 뒤, 우리는 그 자리에서 죽은 듯이 잠들었다. 아주 잠깐의 단잠이라고 생각했는데 밤이 될 때까지 한 번도 깨지 않았다. 나는 꿈속에서 선정도서를 잘근잘근 씹어 먹었다.

집으로 돌아가기 아쉬웠던 우리는 피곤함을 이끌고 호프집에 둘러앉아 차디찬 맥주를 들이켰다.

"고생 많았다, 강동희. 네 덕분에 고3 수험생이 된 것 같았는데 끝내고 나니 수능 대박 친 기분이 드네."

강동희가 처음으로 배시시 웃었다. 때 묻지 않은 얼굴이 있다면 저런 얼굴이지 싶었다. 금방 취기가 오른 곽팀장은 얼마 안 있다가 꾸벅꾸벅 졸기 시작했다. 나도 스멀스멀 졸음이 몰려와 연거푸 하품을 했다. 강동희만 쌩쌩해 보였다.

"돈다발은 정말 인간성에 비해 복이 많은가 봐. 너 같은 인재를 알아보다니."

"저 혼자선 불가능한 일이에요. 함께했으니 가능한 거죠."

그 말에 취해 나도 모르게 소리 내어 웃었다. '함께'라는 건 정말 즐거운 일 같았다.

"그나저나 돈다발이 나중에 딴말하지 말아야 할 텐데."

"딴말이라뇨?"

"교재비 말이야. 우리한테 얼마나 줄지 두고 봐야지."

강동희는 무슨 말인지 이해할 수 없다는 듯 뾰족하게 되물었다.

"순진하기는. 원장은 일단 지르고 보는 거야. 그러고 싶음 그래도 되고, 안 그러고 싶음 안 그래도 돼. 그게 갑이라는 거야."

"그런 법이 어디 있어요? 그러기로 했으면 그래야 하고, 안 그러기로 했으면 안 그래야죠."

"갑갑하다, 강동희. 여기 법은 그래. 솔직히 구두로 한 말들이 무슨 효력이 있어. 녹음을 해놓은 것도 아니고. 진즉에 챙겨줄 생각이었으면 벌써 계약서 썼겠지."

취기와 피곤함이 뒤섞인 채로 나는 강동희의 눈빛을 살폈다. 그는 억울해하는 것 같기도 하고 답답해하는 것 같기도 했다. 이후로도 계속 원장에 대한 이야기를 나눴지만 취기와 뒤섞인 피곤이 온몸을 짓누르는 바람에 내가 무슨 말을 했는지 도무지 기억이 나지 않았다.

*

논술 수업은 예상대로 전 타임 마감을 기록했다. 주말 강의실이 모자랄 만큼 논술 수업에 대한 학부모들의 호응은 엄청났다. 원장은 신이 나서 어쩔 줄 몰랐다.

"특히 교재가 괜찮다고 난리들이야. 샘플만 보여줬는데 프랜차이즈에선 벌써 주문이 들어왔어. 내가 학원 사업하면서 이렇게 맘에 쏙 드는 교재는 처음이야. 고생많았어. 이참에 출판 등록하고, 본격적으로 만들어보자고. 다들 수업 언제 끝나지? 사거리에 일식집이 새로 생겼던데."

원장은 들뜬 목소리로 말하며 신나게 웃었다. 곽 팀장과 나도 따라 웃었다. 하지만 강동희는 웃지 않았다. 그가 또 손을 들고 말할 타이밍을 기다리고 있는 게 느껴졌다.

"강동희, 무슨 할 말 있나?"

원장이 선수를 치며 끼어들었다. 강동희는 찬찬히 조목조목 따져나갔다.

"원장님, 교재 제작에 대한 계약을 문서로 작성하지 않아 많이 찜찜했습니다. 선배님이 원장님께서 약속은 칼같이 지키시는 분이니 걱정하지 말라고 했지만 서로 정확하게 해두는 것이……."

"그때 내가 뭐라고 했나? 가물가물하네."

눈치 빠른 원장이 냉큼 웃음기를 거두고 강동희의 말을 끊었다. 이런 불편한 상황을 이끌어낸 그의 당돌함에 나와 곽 팀장은 또 숨을 죽이고 앉아 있어야 했다.

"기획이 좋으니 정식 출판도 문제없다고 자신하시면서

세 사람 각자에게 10%씩의 인세를 약속하셨습니다."

"내가? 각자 10%? 곽 팀장, 내가 그렇게 말했나?"

곽 팀장은 소스라치게 놀라며 긍정도 부정도 하지 못했고, 그 불똥이 튈까 싶어 나는 얼른 고개를 숙였다. 강동희는 크게 숨을 몰아쉬더니 차분하게 다시 말을 이어 갔다.

"말씀을 번복하시기 전에 지금 계약서를 작성해주시면 좋겠습니다."

"나 원 참, 어느 미친놈이 강사한테 지들이 가르칠 교재 만들었다고 30%씩 인세를 떼어 주냐? 이거 순전히 도둑년들이구만. 워낙 정신이 없어 말이 헛나간 걸 가지고 지금 협박하는 거야? 너희들이 얘한테 시켰어?"

나와 곽 팀장은 강렬하게 손을 내저었다. 강동희가 우리를 제치고 벌떡 일어났다.

"지금 뭐라고 했습니까? 도둑년? 내가 도둑년이 아니라 당신이 도둑놈입니다. 그때는 급한 불만 끄면 되니까 말로 구워삶았다가 이제 와서 돈 떼어먹으려고 하는 당신이 도둑놈이라고요."

"어디서 이까짓 게 굴러와서 감히 나한테 까불어? 야, 당장 나가! 안 나가?"

"창피한 줄 아십시오. 애들 교육하면서 먹고사시는 분이 이래서 되겠습니까? 정말 한심스럽습니다."

원장이 벌떡 일어나 강동희의 멱살을 잡으며 욕을 했다. 강동희도 질세라 돈다발의 멱살을 잡고 똑같이 욕을 했다. 너무 놀란 곽 팀장과 나는 서로의 멱살을 잡고 있는 손을 떼어내려 안간힘을 썼다. 하지만 둘은 멱살을 더욱 옥죄며 사이좋게 막말을 주고받았다. 네 사람이 엉겨 붙어 우왕좌왕하는 사이, 원장은 좀 더 유리한 자세를 취하려 했는지 소파 위로 올라갔다. 원장의 멱살을 끈질기게 틀어쥐고 놓지 않던 강동희는 순간, 펄쩍 뛰어올라 자신의 머리로 원장의 턱을 정통으로 들이받았다. 그 이름도 생생한 '어퍼컷'이었다. 그 광경을 지켜보던 나는 십여 년 전 얼얼한 기억이 되살아나 눈을 질끈 감았다. 소파 위에 서 있던 원장은 신음소리 한 번 내지 못하고 소파 뒤로 나자빠졌다. 그리고 한참 동안 일어나지 못했다. 우리는 쓰러진 돈다발에게 달려갔다. 강동희는 흥분을 가라앉히지 못하고 온갖 저주의 말을 퍼부었다. 곽 팀장과 나는 강동희와 돈다발 사이에서 어쩔 줄 모르고 바들바들 떨었다. 마침내 모든 말을 쏟아냈는지 강동희는 원장을 일으켜 세우는 우리를 흘겨보더니 원장실을 나가버렸다.

며칠 뒤, 병원에서 퇴원한 원장은 강동희를 고발하겠다며 노발대발했지만 실제로는 권고사직 처분을 내리는 것으로 마무리했다. 학원가에는 원장이 갓 들어온 신입 강사에게 한 입으로 두말 했다가 호되게 얻어터졌다는 소문이 파다하게 돌았다.

*

기말고사가 시작되었고 학원은 휴강에 들어갔다. 우울한 장마가 며칠째 계속되고 있었지만 집에 처박혀 있기 싫었던 나는 휴대폰을 뒤적거리며 만날 사람을 물색하고 있었다. 갑자기 학원에서 전화가 걸려왔다. 데스크 실장이었다. 나는 축 늘어진 목소리로 전화를 받았다.

"선생님, 쉬고 계실 텐데 어떡하나? 아무래도 학원에

나와 보셔야 할 것 같아요."

"무슨 일이신데요? 저 일이 있어서 곧 나가봐야 하는데."

"원장님이 찾으세요. 지난번 제작했던 논술 교재가 사라졌다나 뭐라나. 분위기가 흉흉한데 시간 되는대로 꼭 나오세요."

전화를 끊은 나는 당최 무슨 소린지 알아듣질 못했다. 곽 팀장에게 전화를 걸려는 찰나 벨이 울렸다.

"너도 연락받았어? 이게 무슨 날벼락이냐?"

원본 파일을 강동희가 USB에 넣는 걸 똑똑히 봤고, 분명 디자인 회사에 파일을 넘긴다고 했었다. 무슨 문제가 될까 싶으면서도 가는 내내 불안감이 엄습했다.

불안은 확신을 몰고 왔다. 돈다발은 다짜고짜 우리에게 교재 파일을 내놓으라고 다그쳤다. 곽 팀장은 도대체 이게 무슨 상황이냐는 듯 나를 쳐다봤고, 나는 또 어깨만 으쓱해 보이며 어쩔 줄 몰라 했다.

"USB는 강, 강동희 선, 선생이 가지고 있는데요."

원장은 거래 중인 디자인 회사에서는 파일을 건네받은

적이 없으며, 오히려 단골인 우리가 자신들에게 일을 맡기지 않는 것 같아 섭섭해 했다고 전했다. 원장은 울상이된 우리의 표정을 보고 정말 심각해지기 시작했다.

"그 꼬맹이한테 모든 걸 맡기고 니들은 잠이 오냐, 이덜떨어진 것들아! 지금 당장 강동희한테 연락해서 까불지 말고 빨리 모든 일을 제자리로 돌려놓으라고 해. 그럼용서해준다고!"

곽 팀장은 돈다발이 보는 앞에서 강동희에게 전화를걸었다. 하지만 없는 번호였다. 연거푸 세 번이나 걸었지만 마찬가지였다. 원장은 우리를 향해 차갑게 말했다.

"니들이 한통속이 아니란 말은 믿을 수 없지만, 강동희를 찾아서 이 사태를 제자리로 돌려놓는다면 다시 생각해 보겠어. 니들은 잘 모르겠지만 엄연히 공동 저자이기때문에 출판 금지 가처분 신청을 하면 돼. 알겠냐, 이 멍충이들아! 만약 책을 출판한다면 나도 어쩔 수 없어. 너희들 모두 한통속이라고 여기고 고소하는 수밖에."

나와 곽 팀장은 강동희를 찾지 못하면 범죄자가 될 수도 있는 상황이었다. 우리는 날마다 사라진 강동희를 찾아 모든 수단을 총동원했지만 꽁꽁 숨어버린 그는 어디에서도 찾을 수 없었다. 곽 팀장은 매일같이 강동희를 향해 저주를 퍼부었다. 돈다발과 동급 취급하며 사람을 있는 대로 부려먹고 입 닦는 것까지 똑같다며 빌어먹을 것들이라고 욕을 했다. 나는 눈뜨고 코 베인 인간으로서 도무지 욕할 기운이 나지 않았다. 강동희라는 존재가 꿈이면 얼마나 좋을까. 그저 이 모든 일들이 애초에 없던 일이었으면 얼마나 좋을까, 하는 후회만이 치밀어 오를 뿐이었다. 늘 짓밟히지 않으면 이용만 당하는 꼴이라니. 강동희라는 인간 덕분에 우스운 꼴이 더 우스워졌다.

결국 우리 두 사람은 새파랗게 젊은 강동희 손에 놀아나 학원 측에 막대한 손해를 끼친 진짜 멍청이임을 입증하게 되었다.

영리한 원장은 시중에 나와 있는 논술 교재를 싼값에 대량으로 들여와 논술 수업 준비를 시작했다. 사건은 일단락됐다. 학원은 문제없이 굴러갔다. 분명 무슨 일이 일어났지만 동시에 아무 일도 일어나지 않았다. 돈다발은 우리로 인한 손해는 차후에 조목조목 따지겠다며 엄포를

놓고 유럽으로 가족 휴가를 떠났다. 유럽을 순방하자던 곽 팀장과의 휴가 따위는 무참히 바스러졌고, 학원에 체류하게 된 것만으로도 다행이라 여긴 우리는 다른 강사들의 휴가 동안 허드렛일을 도맡아 하며 눈치를 살폈다.

*

'애가 늦게 오는 바람에 보충이 밀렸어. 먼저 먹어.'

곽 팀장의 문자를 보자 입맛이 싹 가셨다. 무턱대고 거리로 나왔다. 늦은 여름 열기가 거리를 그득 메우고 있었다. 단골집인 김밥천국은 문이 닫혀 있었다. '여름휴가'라고 써 붙인 종이가 굳게 닫힌 셔터 위에서 펄럭거렸다.

나는 무작정 걷기 시작했다. 숨 막힐 듯 축축한 열기 덕분에 금세 땀이 배어 나왔다. 배에서 계속 꼬르륵 소리가 났지만 아무것도 먹고 싶지 않았다. 아니, 모든 것을 다 먹어 치워도 배가 부를 것 같지 않았다. 알 수 없는 것들이 치밀어 올랐다 가라앉았다. 예전 그대로 살면 그만인데 왜 그렇게 안 되는지 답답했다.

얼마나 걸었을까. 나의 몸뚱이는 땀으로 흥건하게 뒤덮여 있었다. 계속 걷다가는 점차 녹아버릴 것 같았다. 녹아 없어지기 전에 아무 곳에라도 들어가야 했다. 숨이 막힐 듯 뛰쳐 들어간 곳은 공교롭게도 또 다른 김밥천국이었다. 선풍기 앞에서 졸고 있던 아주머니는 땀범벅이 되어 들어서는 나를 보고 깜짝 놀랐는지 서둘러 에어컨을 틀어주었다. 나는 김밥 한 줄을 주문했다. 아주머니의 재빠른 손놀림을 거친 김밥이 순식간에 내 앞에 도착했다. 입안으로 김밥을 밀어 넣어 삼켰다. 김밥천국의 맛은 언제 어디서나 천편일률적이라는 사실을 깨달았다. 딩동, 문자가 왔다. 모르는 번호였다.

'○○ 은행 강동희 300만 원 입금.'

처음엔 신종 보이스 피싱인 줄 알았다. 우연인지 필연인지 그 이름도 재수 없는 강동희라니. 딩동, 곧이어 두 번째 문자가 왔다.

'강동희입니다. 원고료 보냅니다. 확인 바람.'

진짜 강동희였다. 나를 향해 있는 힘껏 흘겨보던 강동희의 얼굴이 떠올랐다. 동시에 덜떨어진 멍청이라며 손가락질하는 돈다발의 모습도 스쳐갔다. 그들 사이에서 벌벌 떨고 있는 곽 팀장과 내가 보였다. 나도 모르게 얼굴에서 식은땀이 흘러내리고 있었다. 안쓰러웠는지 아주머니가 나를 향해 선풍기를 돌려주었다. 에어컨 냉기를 실은 바람이 살갗에 닿자 팔뚝 위로 다닥다닥 소름이 끼쳤다. 먹다 남은 김밥에서 천국과 지옥을 오가는 맛이 느껴졌다.

오랜만에 나가보니 삶은 무한대로 잘도 흘러가고 있었다. 문득 나만 고여 있는 것 같다는 생각이 들었다. 고인 물은 썩는다던데. 그럼 나의 삶은 흘러가는 게 아니라 썩어가고 있는 건가. 웅크리고 있던 내 안의 뜨거운 한숨이 입 밖으로 튀어나와 방안을 맴돌다 흩어졌다. 아무리 생각해도 나는 내일 무엇을 해야 좋을지 도무지 떠오르지 않았다. 꼭 무엇을 해야 하는 내일이 부담스러워졌다.

권태로
빚은
청춘

꿈은 눈을 뜨자마자 사라졌다. 매일 밤, 나는 수많은 꿈들에 시달렸다. 그토록 다채로운 꿈들이 내 안에 있다는 사실이 놀라우면서도 한편으론 버겁다. 꿈의 실체를 자세히 들여다보려고 하면 할수록 꿈은 아주 날렵하게 휘발돼버렸다. 한밤중에 자다 말고 눈을 떠 꿈의 조각들을 이리저리 꿰맞춰봤지만 소용없었다. 메모를 해보면 어떨까 싶어 머리맡에 종이와 펜을 놓아둔 적도 있지만 깨어나 보면 늘 빈 종이뿐이었다. 밤새도록 제멋대로 버무려진 꿈속을 헤매다 보면 어느새 어제를 넘어 오늘에 다다라 있었다. 우스꽝스럽게도 하루 중 내가 가장 활발하게 꿈틀거리는 시간은 꿈꾸는 시간뿐이다. 그래서 나는 늘 잠이 부족하다.

"쾅!"

이제 일어날 때도 되지 않았냐는 듯 현관문 닫는 소리
가 요란하다. 6시 50분. 한 치의 오차도 없는 엄마의 출
근 시간이다. 꿈속에서 겨우 빠져나온 나는 피로한 눈을
비비며 일어나보려 애썼다. 하지만 쏟아지는 아침잠은
나의 눈꺼풀에 찰싹 달라붙어 떠날 줄 몰랐다. 겨울이라
그런지 밖엔 아직 해가 없다.

"수도권 지역에는 십 센티미터가량의 눈이 더 내릴 것으
로 예상됩니다. 기온도 당분간 영하권을 맴돌겠습니다."

굳게 닫힌 방문 사이로 쩌렁쩌렁 텔레비전 소리가 새
어 들어왔다. 주인 없는 아들 방에서 슬그머니 잠을 청하
는가 싶더니 이젠 대놓고 엄마와 각방을 쓰는 아버지가
제 세상을 만나는 시간이다. 원래는 내 세상이었는데.

하루아침에 할 일이 없어진 아버지는 엄마가 나가면
잽싸게 거실을 점령해버렸다. 그는 종일 거실 소파에 '앉
았다 누웠다 졸았다'를 반복하며 지내다가 엄마의 퇴근
과 동시에 오빠 방으로 사라졌다. 마땅히 갈 곳도, 만나
줄 사람도, 무엇보다 돈 한 푼 없는 우리 부녀는 어쩔 수

없이 한집에 머물며 종일 소 닭 보듯 생활하고 있다. 우리 집엔 딸의 이름을 부르는 아버지도, 아버지를 부르는 딸도 없다. 온종일 들리는 텔레비전 소리만이 아버지와 나 사이의 막막함을 달래줄 뿐이다.

아버지가 요란스럽게 재채기를 퍼붓는다. 연거푸 세 번씩이나. 그 소리가 거슬려 나도 모르게 인상을 구긴다. TV 속 기상캐스터가 올겨울엔 화이트 크리스마스를 기대해도 좋다고 귀띔해 준다. 매년 똑같은 기념일 따위 더이상 설레지 않는다. 올해가 정말 얼마 남지 않았으니 각오하라는 경고의 메시지로 들릴 뿐이다. 연말이 지나 새해가 오면 또 내가 가고 싶어 안달하는 회사들이 패기와 열정으로 똘똘 뭉친 젊은 인재를 찾을 거다. 나이, 학력, 성별과 관계없이. 나도 모르게 나이 빼곤 작년과 크게 다를 바 없는 이력서가 떠올랐다. 저절로 한숨이 나와 버렸다. 그럼에도 꿈에 짓눌린 눈꺼풀은 요지부동이다. 여전히 밖엔 해가 없다. 날씨가 흐린가.

　-띵! 띵! 띵! 띵! 띵!

연거푸 SNS 알림이 울렸다. 편입 전 다녔던 전문대 동기 중 유일하게 연락을 하며 지내는 미선이 아침부터 단체 채팅창에 나를 불러들인 것이다. 그는 며칠 전에도 이른 아침부터 톡을 보내왔었다.

　'나 결혼할 거 같아. 새벽에 테스트해봤는데 두 줄이더라. 너한테 젤 먼저 알려주는 거야. 오빠 아직 모름.'

　만날 때마다 조금 상기된 표정으로 오빠가 자신을 대단히 아껴준다던 그의 말이 떠올랐다. 동시에 오빠라는 남자가 전세보증금은커녕 자신보다 연봉이 더 적은 것 같다며 걱정스러워했던 말도 떠올랐다. 글자만으론 임신을 하게 돼 좋다는 건지 아니라는 건지 짐작하기 어려웠다. 어쨌거나 생명의 탄생은 신비한 거니까 나는 '완전 대박! 축하해!'라고 문자를 보냈다. 미선은 정오가 지나서야 배시시 웃고 있는 이모티콘을 보내왔다. 문득 내가 웃는 게 웃는 게 아니라던 유행가 가사가 떠올랐다.

　─못 나오는 사람 없지?

　잠시 뒤 주렁주렁 대답이 달렸다.

-이게 얼마 만에 쐬어 보는 바깥바람이냐.

-나 오늘 집에 안 들어간다. 오늘 집에 가는 사람 다 절교할 거임.

-난 밤 못 새. 낼 중요한 약속 있어.

-뭔데?

-그런 게 있어.

-소개팅 있으시단다.

-좋겠다. 나도 소개팅하고 싶다.

-아줌마는 모유수유나 잘하세요.

-이번엔 제발 멀쩡해야 할 텐데.

-뭐하는 남잔데? 몇 살이야?

-난 좀 늦을지도 몰라. 연말이라 정신없다.

-나도 남편이 일찍 퇴근한다고는 했는데 봐야 알 듯.

-우리 과장 좀 빨리 귀가하라고 기도해주라.

-기러기라며? 이런 날 집에 가고 싶겠냐.

시시콜콜한 대화가 그칠 줄 모르고 이어졌다. 참다못해 거추장스럽게 울리는 알람을 끄려는 찰나, 미선은 인사할 타이밍을 놓쳤다고 생각했는지 새삼스레 나를 소개

했다.

　-애들아, 오늘 지혜도 나올 거야. 미리 인사해. 지혜
야, 인사해. 애들이 수다를 떨어서 인사할 틈도 없네.

　미선은 늘 이런 식으로 멍석을 깔아준다. 그럴수록 더
어색하고 민망한데 말이다.

　"사는 거 다 거기서 거기야."

　미선은 내가 패거리의 안부를 물을 때마다 그렇게 답
하곤 했었다. 그들은 졸업한 이후부터 쭉 나를 제외하고
때마다 모임을 이어오고 있다. 미주알고주알 낱낱이 말
해주지 않아도 누가 뭘하며 지내는지 정도는 알려줄 만
도 했지만 미선은 늘 얼버무렸다. 하지만 굳이 말하지 않
아도 나는 그들이 어디를 가서 무엇을 먹고 어떻게 시간
을 보내는지 다 알고 있다. 패거리들은 추억을 그러모을
수 있는 인터넷 공간이면 어디든 자신들의 일상을 대대
적으로 공유했으니까.

　잠시 뒤, 또 한차례 주렁주렁 대답이 달렸다. 반갑다는

인사다. 나도 반갑다고 인사를 한다. 얼마나 반가운지 걔네들도 나도 가늠하기 어렵다. 정말 반갑기는 한 걸까. 오늘 저녁엔 미선만 아니면 볼 일도 없는 애들을 만나러 가야 한다. 정말 오랜만인데도 반갑지 않다는 사실이 신기하다. 편입할 때 보고 못 봤으니 몇 년 만이야. 마지막으로 봤던 때를 곱씹다가 시간이 이렇게까지 흘렀단 사실이 믿기지 않아 손가락을 펴고 다시 세어보았다.

*

전업주부였던 엄마는 우리 남매가 커갈수록 아버지의 허기진 월급에 불만을 토로하는 일이 잦아졌다. 그때마다 아버지는 어디 가서 도둑질이라도 해야겠다며 막막한 얼굴로 웃어넘기곤 했다. 엄마가 본격적으로 구직활동을 시작하게 된 건 세 살 터울의 오빠가 특목고에 덜컥 합격하고 난 뒤부터다.

평생 집에서 우리만 바라볼 줄 알았던 엄마가 일자리를 찾게 됐으니 나로선 그보다 기쁜 일이 없었다. 엄마는 잘난 아들을 빌미로 특목고를 희망하는 학부모들에게 비법을 전수하고 학원으로 유치誘致하는 일을 시작했다. 학원에서조차 엄마의 잔소리를 들어야 한단 사실이 처음엔 너무 거슬렸지만 집에만 돌아오면 파김치가 되어 잠들어 버리는 엄마는 대환영이었다. 하지만 오빠를 향한 엄마의 뒷바라지는 하면 할수록 자괴감을 불러일으켰다. 그의 성적은 고등학교 시절 내내 바닥을 쓸고 다녔기 때문이다. 불행히도 오빠는 친구를 경쟁자로 둔갑시키는 특목고 시스템에 부적합한 케이스였다. 도저히 가능성이 없어 보이는 아들을 목격하면서도 엄마는 오빠를 북돋았다. 나는 그때 알았다. 엄마라는 사람은 믿고 싶지 않은 사실은 절대 믿지 않는다는 것을. 엄마에게 질린 아들은 고분고분하게 자신이 원하는 대학 대신 명문대 지방 캠퍼스에 합격했고 매일 왕복 4시간씩 통학했다. 제2캠퍼스라는 꼬리표를 떼어내자 엄마는 아들을 명문대에 보낸 장한 어머니로 둔갑해 버렸다. 내부사정을 알 리 없는 학부모들은 특목고에 이어 명문대까지 보낸 엄마에게 상담받기 위해 학원 문턱이 닳도록 드나들었다.

엄마가 학원 상담실장에서 부원장으로 승진하는 사이 아버지는 자신만만하게 희망퇴직을 신청했고, 나는 전문 대학에 입학하자마자 편입학원에 다니기 시작했다. 엄마는 물 흐르듯 아주 자연스럽게 가족의 생계를 책임져야 하는 진짜 가장이 되어버렸다.

나는 전문대를 졸업한 지 2년 만에 엄마가 그토록 원했던 '인in 서울' 대학에 가까스로 편입했다. 합격한 나보다 더 기뻐하며 엉엉 소리 내어 우는 엄마를 보고 있자니 만감이 교차했다.

"이제 우리 딸 좋은 회사만 들어가면 난 더 바랄 게 없어. 다 때려치우고 맨날 여행만 다닐 거야."

엄마가 말하는 '좋은 회사'가 어딘지 잘 몰랐지만 '까짓 것 계속하다 보면 또 좋은 날이 있겠지'하고 생각했다.

엄마는 오빠가 기간제교사가 되어 여러 학교를 전전할 때에도, 내가 편입한 학교를 졸업하고 수십여 개 회사에 이력서를 제출할 때에도, 아버지가 매일 집에서 밥을 축낼 때에도 계속 가장의 자리를 지켜나갔다. 하지만 아들이 계약직이라는 이유로, 딸이 취업준비생이라는 이유로, 남편이 백수라는 이유로 스스로가 죄인임을 자처하며 주변인들과 모든 연락을 끊는 것으로 죄의 대가를 치렀다. 동시에 남편과 자식들에게 거침없는 잔소리와 비난의 말을 서슴없이 쏟아냈다.

"내가 병신을 낳았어. 암, 병신하고 결혼했으니 병신을 낳는 게 당연하지."

엄마가 내뱉는 단어들은 대체로 거칠고 질겼지만 식구들은 그다지 신경 쓰지 않았다. 아니다. 처음에는 엄마가 뱉어내는 모진 말들을 견디지 못해 식구마다 상처입고 눈물을 쏟거나 되받아쳤다. 하지만 엄마는 그럴수록 대담해졌고 심지어 욕을 즐겼다. 즐기는 사람을 도저히 이길 수 없다는 걸 깨달은 식구들은 각자 침묵과 무관심으로 엄마의 욕설을 피해 나갔다.

술을 마시면 서러워진다는 아버지 역시 친구 아들의 청첩장을 받거나 옛 회사 동료의 딸이 공무원 시험에 합격했다는 소식을 접할 때마다 인사불성이 되어 집에 돌아오곤 했다. 부모를 봉양하기는커녕 제 밥그릇도 챙기지 못해 빌빌거리는 자식들을 향해 아버지는 툭하면 울었다. 그럴 때면 엄마는 눈을 감았고, 오빠는 귀를 닫았고, 나는 입을 틀어막았다. 참다못한 오빠는 결국 집을 나갔다. 태어나서 처음으로 오빠라는 사람을 다시 보게 되었다.

*

어느새 해가 중천이다. 문을 열고 나오니 거실을 점령하고 앉아 처량하게 코를 골아재끼던 아버지가 나간 모양이다. 요즘은 부쩍 외출이 잦다. 집에만 있을 때는 꼴도 보기 싫더니 내가 내쫓은 것만 같아 사뭇 미안한 마음이 들었다. 취직만 되면 용돈이나 두둑이 드리겠다는 기약 없는 다짐을 하며 냉장고 문을 열었다. 냉장고 서랍속 채소 뭉치 사이로 사과 한 개가 보였다. 시간이 얼마나 흘렀는지 반이나 멍들어 있었다. 멍을 도려낼까 하다가 아까워 우적우적 씹어 먹었다. 리모컨을 눌러 TV를 켰다. 건강 관련 프로그램이 한창이다. 전문의는 내 또래에 암 발생률이 점점 높아지고 있다며 스트레스가 만병의 근원이라고 지적했다. 진행자는 도저히 스트레스를 안 받고 살 수 없는 세상인데 어떻게 하라는 거냐며 푸념처럼 되물었다. 보조 진행을 맡은 중년 개그맨이 끼어들어 욕심을 버리고 모든 걸 내려놓으라고 했다. 전문의는 마음을 편안히 갖고 충분한 휴식을 취하라고 일렀다. 그 말이 그 말인 것 같았다. 사과는 겉만 멍들었을 뿐 속은 말짱했다. 입안에서 달달한 맛이 감돌았다. 담배 생각이 간절해졌다. 나는 책상 서랍 밑에 숨겨뒀던 담배를 꺼내 물고 햇빛이 들지 않는 으스스한 발코니로 나갔다. 냄새를 귀신같이 맡는 엄마 때문에 칼바람이 몰아닥치는 강추위에도 발코니로 나가 담배를 피워야만 한다. 어디선가 바람이 훅 불어 닥치더니 내뿜었던 담배 연기가 도로 내 얼굴에 달려들었다. 더 이상 추위를 참지 못한 나는 피우던 담배를 던져버리고 뛰어들어와 이불 속에 몸을 파묻었다. 제멋대로 돋아난 소름이 침대 속 온기에도 쉽게 사그라지지 않았다. 나는 한동안 꼼짝 않고 누워 있었다. 두 번 정도 길게 몸서리를 치고 나서야 남은 추위가 가시기 시작했다.

이따금씩 따끈한 방 안에 앉아 태평하게 담배 피우는 나를 상상해본다. 매번 엄마에게 들키면 어쩌지 안달하는 나를 보며 '까짓것 확 들켜버리면 어때' 하는 마음이 튀어나오기도 한다. 그럼 이후부터는 덜덜 떨지 않고 맛좋은 담배를 방 안에 앉아 여유롭게 피울 수 있을 텐데 말이다.

이따금씩 이력서의 빈칸이 더 이상 채워지지 않는다는 사실을, 엄마가 그토록 바라는 '좋은 회사'에는 도저히 취직할 수 없음을 확 들켜버리고 싶을 때가 있다. '더 이상 나는 그놈의 좋은 회사가 원하는 인재상이 될 수 없어요!'라고 당당하게 말해버리면 공채 시즌이 닥칠 때마다 가슴 졸이며 두려워하지 않아도 될 텐데 말이다.

생각이 꼬리에 꼬리를 물고 이어지다가 텅 비어버렸다. 비어버린 생각 끝에 추운 걸 누구보다 지긋지긋해하는 엄마의 출근길이 아른거렸다. 동이 트지 않은 새벽길을 잔뜩 움츠리고 걸으며 겨울을 향해 온갖 욕을 퍼붓는 엄마의 목소리가 점점 들려왔다. 나도 모르게 눈시울이 뜨끔거렸다.

*

　애초 편입을 목적에 두고 진학했던 학교는 스무 살의 나에게 별다른 의미를 가져다주지 못했다. 그래서인지 미선을 포함해 유독 상고商高 출신이 많던 같은 과 애들과 크게 어울리고 싶지 않았다. 그깟 2년 어떻게든 때우면 그만이라고 생각했다. 하지만, 입학 후 한 달을 채우기도 전에 혼자 밥을 먹고 강의실을 찾아다니는 일에 진력이 나버렸다. 주말마다 만나던 고등학교 동창들은 점점 연락이 뜸해졌고 자주 연락하는 나를 귀찮아했다. 2년을 어떻게 버텨야 할지 갈수록 막막했다. 그 사이, 과 애들은 이미 제각각 짝꿍이나 패거리를 만들었고 내가 들어갈 자리는 없었다. 나는 친구 하나 못 만들고 여름방학을 맞이했다.

　"너, 우리 학교지?"

　먼저 아는 척을 한 건 미선이었다. 편입학원 건물 입구에서 만난 그는 같은 건물 1층 도넛 가게 유니폼을 입고 있었다.

"여기 다녀?"

나는 고개를 끄덕였다.

"그렇구나. 나는 저기서 알바해. 심심하면 놀러와."

미선은 늘 알던 사이처럼 말하고 화장실로 가버렸다. 내가 처음 멋쩍게 도넛 가게에 들른 날 미선은 주인 몰래 쿠폰에 스탬프를 세 개나 찍어주었다. 그의 호의好意가 싫지 않았던 나는 수업이 끝나면 곧장 집으로 가지 않고 도넛 가게를 어슬렁거리며 미선의 알바를 거들었다. 손님이 뜸해지면 미선과 나는 유통기한 지난 도넛을 나눠 먹으며 수다를 떨었다.

알바에 이골이 났다는 미선은 일찌감치 밥벌이의 지겨움과 삶의 무게를 알고 있었다. 그게 다 갑작스러운 부모님의 이혼과 변변치 못한 엄마의 뒷바라지 덕분이라고 했다. 나는 주어진 불행에 매몰되기보다 피할 수 없으니 즐길 수밖에 없다는 미선의 사고방식이 신선했다. 그렇다고 해서 미선처럼 살고 싶지는 않았다. 그저 미선에게 주어진 불행에 견주어 나의 삶은 다행이라고 생각할 뿐이었다.

개학 후, 나는 미선이 속해 있는 패거리의 일원이 되었고 그들과 교내식당에서 싸구려 점심을 먹으며 별것도 아닌 일에 깔깔거렸다.

2학년이 되면서 우리는 조금씩 서로에게 뜸해졌다. 나는 편입 준비로 혼이 빠질 지경이었고, 미선을 포함한 애들은 여기저기 면접을 다니느라 정신이 없었다. 나는 이듬해 편입시험에 떨어졌고, 졸업식엔 가지 않았다. 미선은 우리 중 제일 먼저 인공관절 수술로 이름난 척추전문병원 홍보실에 취직했다.

*

"축하해."
"진짜 좋겠다."
"한턱 쏴."
"완전 대박."
편입한 학교의 등록금을 납부하던 날, 미선은 사회 초

년생 티를 막 벗어던진 패거리와의 모임에 나를 불렀다. 형식적이고 감정 없는 축하에 미선이 나보다 더 당황하는 게 느껴졌다. 괜히 왔다는 생각이 들었지만 미선을 봐서 참기로 했다. 축 처진 분위기 속에서 능숙하게 술잔이 오가는가 싶더니 어느 정도 취기가 오른 패거리들은 앞다퉈 직장 상사의 험담을 늘어놓기 시작했다. 그들이 느낀 건 '불합리'였다. 전문대를 갓 졸업한 그들이 찾을 수 있는 일자리는 한계가 있었다. 이렇다 할 경력도 없으니 처음엔 월급을 받을 수 있단 사실에 만족했다가 뒤늦게 자신의 월급으로 할 수 있는 일이 터무니없다는 것을 깨달을 시점이었다.

취기가 오른 건지 얼굴이 벌게져 쉬지 않고 상사에 대한 흉을 보던 애가 정말 죽여버리고 싶다며 급기야 눈물을 보였다. 상사라는 여자는 부하직원의 업적을 자신의 공으로 돌리는데 유별난 재주가 있어 보였다. 그 애를 다독이며 다들 한마디씩 했다. 나를 축하해줄 때와 달리 그들은 진심으로 자신의 일인 양 우는 친구를 위로해 주었다. 미선도 어느새 그들 틈에 끼어 함께 욕을 하고 있었다. 나는 강 건너 불구경하듯 한마디도 하지 않고 잠자코 있었다. 좋은 대학에 편입한 기쁨을 누려도 시원찮을 판에 찬물을 끼얹는 것도 분수가 있지. 애들은 나의 침묵에도 아랑곳하지 않고 줄기차게 회사 이야기만 했다. 정말 지긋지긋했다. 다들 주제도 모르고 회사 이야기를 하는 것 같았다. 내가 사장이라도 그들처럼 별 볼 일 없는 직원들에게 잘해줄 것 같지 않은데 그들은 똘똘 뭉쳐 회사와 인간관계에 대한 울분을 토해냈다. 듣다 지친 나는 결국 간다는 말도 안 하고 자리를 박차고 나갔다. 그 이후, 미선은 두 번 다시 패거리들 모임에 나를 부르지 않았다.

*

내가 졸업을 유예猶豫하고 취업준비생으로 지내는 동안 미선은 승진을 하고, 돈을 벌고, 연애를 했다. 미선은 첫 직장을 끈질기게 다니는가 싶더니 팀장이라는 직함을 갖게 되었다. 늘 거기서 거기인 싸구려 티셔츠를 고르느라 몇 십 분을 허비하던 미선과 나였기에 사실 사회적으로 어느 정도 위치를 차지하고 있는지 감이 잘 안 왔다. 아니, 위치를 안다 해도 별로 대수롭지 않았다. 친구라는 위치가 나에겐 가장 명확하고 중요했으니까. 무엇보다 나는 누구나 이름만 들어도 알만한 대학교로 편입을 했으니 미선보다는 좀 더 나은 직업을 갖는 게 당연하다고 생각했다. 그러니까 미선은 나보다는 돈도 좀 덜 벌고, 덜 나가야 한다는 생각이 저 언저리 어딘가에 깊이 박혀 절대 변할 수 없는 진리처럼 떠돌아다녔다. 내 마음을 아는지 모르는지 미선은 내가 편입생 신분으로 빌빌거리거나 취준생으로 거들먹거리고 있는 지금까지 늘 먼저 연락해 새로운 맛집을 발견했다며 데리고 다닌다.

"꿈은 이루어진다."

미선은 내가 떨어진 회사 이야기를 할 때마다 이렇게 말했다. 그는 내가 좋은 회사에 입사하는 게 장래희망인 줄 아는 모양이었다. 취직이라는 표현이 훨씬 구체적이고 정확해 보이는데도 미선은 늘 '꿈'이라고 명명했다. 내가 대기업에 취직하는 게 뭔가 되게 하고 싶은 일, 안 하

고는 못 배기는 일처럼 느껴지는 모양이었다. 하긴 안정
적인 정규직 사원이 되어 괜찮은 수준의 연봉을 받고 적
당한 남자와 결혼해 가정을 꾸리는 일이 이토록 어려운
일인 줄 꿈에도 몰랐으니 꿈은 꿈인가.

"이번에 새로 들어온 여자가 있는데 나보다 경력이 짧
은데도 실장이다. 왜긴 왜야, 인 서울 4년제 출신이니까
그렇지. 우리 병원장이 스펙을 그렇게 밝혀. 진짜 재수
없지 않냐. 아, 요즘에 진짜 일할 맛 안 난다. 걔가 나한
테 뭐라고 한 적도 없어. 그냥 잘 부탁한다고만 했지. 근
데 그게 더 재수 없는 거 있지."

미선은 나를 만날 때면 사회생활에서 느끼는 피로감에
대해 이런 식으로 설명하곤 했다. 그러면 나는 잘 알지도
못하는 그 여자를 헐뜯으며 내 얼굴에 침을 뱉었다.

"야, 스펙 같은 거 다 꺼지라 그래. 일단 경력이 있어야
돼. 너 진짜 잘한 거야. 나이 먹기 전에 경력 쌓아 놓으면
어디 가서 굶어 죽진 않겠더라. 나 봐라. 대학 갓 졸업한
애들이 경력이 어딨냐. 경력이라고 해봐야 인턴 체험이
다지. 걔가 또 재수 없게 굴면 경력으로 눌러버려. 요즘

은 경력이 대세야 대세."

미선은 내 말을 흐뭇하게 웃어넘기고는 소개팅에서 만난 남자에 대해 늘어놓거나 나의 면접 결과를 물으며 화제를 돌렸다. 그럴 때면 난 밥값을 다했다는 듯 그가 사주는 맛좋은 음식들을 허겁지겁 먹어치웠다. 또, 자신에게 기쁜 일이 생길 때에도 나를 찾아와 나만큼 축하해주는 친구도 없다며 늘 고마워했다. 미선이 병원장의 신임을 얻어 그 여자를 쫓아내고 홍보실장이라는 직함을 달게 된 날, 나는 합격해도 다닐까말까 고민할 만큼 시시하게 여기던 회사에서 불합격 통보를 받았다.

"걱정 마. 설마 대한민국에 너 하나 일할 자리 없겠냐. 어차피 취직하고 돈 벌기 시작하면 지금까지 힘들었던 거 다 끝나. 그냥 지금 놀고 있다는 사실을 즐겨. 하고픈 일이 있다는 게 어디냐. 꿈 없는 애들도 수두룩한데. 그러니까 집에만 있지 말고 여행도 좀 다니고. 아, 그건 돈이 필요하구나. 차라리 연애를 해. 어차피 회사 다니면 연애도, 여행도 맘먹어야 할 수 있다. 지금이 어쩌면 제일 여유롭고 좋은 때일지도 몰라."

내가 같은 회사의 이력서를 4년째 끄적거리는 사이, 미선은 학자금을 다 갚고 엄마와 살기 적당한 전셋집을 대출받았다는 소식을 전해왔다.

"넌 너무 나태한 게 문제야. 너 스스로도 알고 있으면서 왜 망설이냐. 나는 다 좋아. 네가 하고 싶은 일을 하려고 때를 기다리며 버티는 것도, 지금 당장 돈 벌기 위해 취직을 하는 것도 다 좋다 이거야. 단, 나중에 후회 안 할 자신 있는지부터 따져봐. 적어도 난 후회 안 하거든. 너는 나보다 최악의 환경은 아니잖아. 난 네가 이만하면 됐다고 스스로 놓아버릴 수 있을 때까지만 계속했으면 좋겠다."

언젠가 그는 자신이 나처럼 특별한 꿈이 없다는 사실이 다행이라고 했다. 만약 자기 주제에 돈 버는 것 말고 특별히 뭔가가 하고 싶거나 안 하면 정말 죽을 것 같은 일이 있으면 어쩔 뻔했냐며 웃어 보이곤 했다.

"매일 집에서 집만 지키는 엄마가 가여워. 근데 퇴근하고 집에 가면 내가 퇴근하기만 기다리고 있던 엄마가 그렇게 꼴 보기 싫을 수가 없어. 차라리 엄마답게 먹고 싶은 거나 사고 싶은 걸 당당히 요구하면 좋은데 정작 말해 보라고 하면 다 없대. 아휴, 짜증나. 근데 웃기는 게 어떤 날 엄마가 내가 퇴근하고 갔는데 밥을 새로 안 지어 놓으면 그렇게 열불이 나는 거야. 엄마도 나 같은 딸년 비위 맞추느라 비위 좀 상하겠지?"

미선의 이야기를 들으며 나는 슬며시 우리 엄마를 떠올렸다. 이렇게 해도 화를 내고 저렇게 해도 짜증을 부리는 엄마의 모습이 미선과 겹쳐보였다.

"우리 엄만 좋은 할머니가 될 것 같지 않아. 나중에 손자가 할머니보다 병신이란 말을 더 먼저 배울 거 같거든. 내가 눈치 없이 엄마가 사다 놓은 과일을 다 먹어치우면 괜스레 딴 거로 트집을 잡어. 아버지도 엄마의 악랄한 잔소리를 피하느라고 오빠 방으로 피난 갔어. 엄마, 아빠 그리고 나는 꼭 술래잡기하는 것 같아. 엄마가 나가면, 아빠가 나가고, 아빠가 들어오기 전에 내가 나가고, 엄마가 들어오기 전에 아버지가 방으로 들어가고. 암튼 우리 집은 엄마의 무법지대야. 엄마가 곧 법이고, 엄마가 진리야."

나의 푸념을 가만히 듣고 있던 미선은 뜬금없이 우리 엄마의 마음을 알 것 같다며 잘해드리라고 잔소리를 했다.

미선을 만나면 바닥만 긁고 있던 마음들이, 스스로의 염려에 짓눌렸던 생각들이 스르르 어디론가 사라지고 없었다. 우리는 대놓고 따뜻한 위로할 건넬 줄은 몰랐지만 함께 나누는 수많은 이야기 속에서 위로하고 위로받았다. 내 인생에서 별것 아니었던 미선은 '별것'이 되어가고 있었다.

*

미선은 편하게 나오라고 했지만 나는 그 말이 더 신경 쓰였다. 결국 엄마의 옷장까지 손을 대고 말았다. 변변치 못한 옷들 사이로 올겨울 유행한다는 버건디burgundy 컬러의 울 코트가 눈에 들어왔다. 감촉을 만져보니 꽤 값이 나가 보였다. 엄마가 입은 모습은 한 번도 본 적이 없는데. 소매가 좀 짧은 것만 빼면 내가 산 옷처럼 잘 맞았다. 하지만 소매 끝에는 제거되지 않은 가격 태그tag가 매

달려 있었다. 엄마도 개시하지 않은 옷을 몰래 입고 나
갈 만큼 절실한지 스스로 묻고 또 물은 뒤, 나는 가위로
태그를 잘라냈다. 비상시에만 사용하는 엄마의 신용카드
도 슬쩍했다. 처음엔 물론 화가 나겠지만 전후사연을 들
으면 엄마도 분명 이해해 줄 것이다. 자식이 기죽는 꼴은
절대 못 보는 사람이니까.

　퇴근 시간 전인데도 금요일이라 그런지 지하철 안은
사람들로 붐볐다. 북적거리는 사람들 사이로 아주 익숙
한 목소리가 들려왔다. 목소리는 통화하는 상대의 위치
를 묻고 있는 듯했다. 분명 들어본 목소리인데. 나는 목
소리가 들리는 쪽으로 목을 길게 빼고 열심히 두리번거
렸지만 얼굴은 볼 수 없었다. 긴가민가하는 사이 지하철
이 다음 역에 도착했다. 수많은 인파가 떠밀리듯 몰려 나
가나 싶더니 잡아당기듯 몰려 들어왔다. 더 이상 목소리
는 들리지 않았다. 차창 밖으로 시선을 돌리자, 익숙한
감색 등산복 점퍼를 입은 사람이 지나가고 있었다. 아버
지였다. 택배 송장이 붙은 쇼핑백을 양 어깨에 잔뜩 들쳐
메고서. 지나는 사람들마다 아버지가 걸머진 쇼핑백들을

사정없이 치고 지나갔다. 그는 잠시 멈춰 서서 어깨 위의 짐들을 고쳐 멨다. 출입문이 닫히고 열차가 출발했다. 낯선 곳에서 만난 낯선 아버지가 점점 멀어져갔다.

엄마의 코트는 보기와 달리 하나도 포근하지 않았다. 매서운 바람이 아버지의 잔상을 모두 날려버렸다. 나는 코트 깃을 올려 세우며 빠른 걸음으로 서둘러 걸었다. 미선이 일러준 일본식 선술집은 외진 곳에 자리 잡고 있어 찾는데 상당히 애를 먹었다. 입구를 찾지 못해 두리번거리고 있는데 미선이 늦는다는 메시지를 보내왔다. 추우니 먼저 들어가라는 당부도 남겼다. 망설이던 나는 입구에서 미선을 기다리기로 했다. 나도 모르게 발을 동동 굴렀다. 숨을 쉴 때마다 허연 입김이 나부꼈다. 다듬지 않아 무턱대고 자란 긴 머리가 계속 신경 쓰였다. 나는 손으로 머리카락을 정돈하고, 코트에 붙은 먼지를 떼어냈다. 주머니에서 립글로스를 꺼내 덧바르는데 골목으로 들어서는 미선이 보였다. 나는 손을 흔들며 미선을 반겼다. 그는 여기서 뭐하냐는 표정으로 나를 바라보며 물었다.

"애들 안 왔어?"

"너 오면 같이 들어가려고 기다렸지."

"모르는 애들도 아닌데 왜 그러냐."

미선은 퉁명스럽게 말하고 술집 안으로 휙 들어가 버렸다. 미선의 태도에 당황해 머뭇거리다가 뒤늦게 따라 들어갔다. 술집 안에 들어서자 얼어붙었던 몸이 순식간에 녹아내리기 시작했다. 패거리들은 미선을 보자마자 술집이 떠나가라 환호성을 지르며 꽃다발을 건넸다. 한바탕 소란스럽게 축하가 이어졌다. 전해들은 바 없는 이벤트에 끼어들지도 못하고 서서 빌빌거리는데 옆 테이블 사람과 눈이 마주쳤다. 나는 엉겁결에 휴대폰을 꺼내 미선과 패거리들의 광경을 찍기 시작했다. 셔터 소리를 들은 그들은 나를 향해 자연스럽게 포즈를 취했다. 나도 모르게 하나, 둘, 셋을 외쳤다.

워낙 맛집으로 소문난 곳이라 그런지 주문한 음식은 쉽사리 나오지 않았다. 나는 뭘 어떻게 해야 할지 몰라 먼저 나온 따뜻한 사케만 홀짝거렸다. 상기된 미선은 선물 받은 꽃다발을 품에 안고 패거리 중 누군가와 계속 대화를 나누며 웃었다. 나오라고 할 땐 언제고, 나 따위 아랑곳 않는 미선이 은근 괘씸했다. 내가 누구 때문에 여기 와 있는데. 맹숭맹숭하게 앉아 휴대폰만 들여다봤다.

"사진 보는 거야? 나도 보여줘."

그날, 상사의 욕을 하며 눈물바람을 했던 애가 처음 나에게 말을 걸었다. 내가 휴대폰을 보여주자 주변에 앉아 있던 애들도 사진을 돌려보았다. 다들 자신의 모습이 마음에 안 든다고 하면서도 너무 즐거워했다. 누군가 나에게 단체 채팅창으로 전송해 달라고 했다. 그들은 사진을 받자마자 각자의 SNS에 실시간으로 올리기 시작했다. 옆에 앉은 애들이 하나둘씩 아는 체를 했다. 시선은 나에게 집중되었다. 누군가 머리 기른 모습은 처음 본다고 말했다. 나는 머리를 매만지며 어정쩡하게 웃었다. 누구는 살이 좀 오르니 보기 좋다고 말했다.

"그래? 다행이다."

내 대답에 그들도 멋쩍게 웃었다. 그들은 이리저리 나를 살피며 꺼내 보고 싶지 않았던 대학시절의 내 모습을 자꾸 끄집어냈다. 인생에서 꺼져줬으면 좋겠다고 생각하던 시절이었는데 막상 펼쳐놓고 보니 곱씹을 것도 별로 없다. 문득 '사는 게 다 거기서 거기'라던 미선의 입버릇이 생각났다. 주제도 모르고 좋은 회사만 바라보는 나를 겨냥해 하는 말 같아 좀 언짢았는데 이런 상황을 두고 했던 말이 아닌가 싶었다. 그러고 보니 예전에는 유독 옷을 잘 입거나 특별히 피부가 좋아 부러웠던 애들도 이제는 다 비슷비슷해 보였다.

자연스럽게 술잔이 오가고 허겁지겁 나온 안주의 품평이 이어졌다. 유독 양이 적고 값만 비싼 안주를 소심하게 나눠 먹던 우리 중 누군가가 먹으면 먹을수록 배가 더 고프다며 농담을 했다. 같은 생각을 하고 있었는지 모두 낄낄거렸다. 빈속에 술을 먼저 마신 덕분인지 가슴속이 이글거렸다. 오랜만에 취기가 오른 건지, 옛 친구라고 부를만한 애들을 만나 들뜬 건지, 아니면 '다 거기서 거기'라는 미선의 말을 실천하려던 건지, 어느새 나는 그 시절 패거리의 일부로 돌아간 양 굴고 있었다.

"여기 진짜 분위기 하나는 끝내주네. 우리 일본 여행 갔을 때 생각나."

"언제였지? 졸업하고 1년 좀 넘어서였나?"

"우리 첫 해외여행이었지."

"수연이 캐리어 터진 날?"

"캐리어가 터져?"

내가 물었다. 패거리들은 내 물음에 답하는 대신 다 같이 낄낄거렸다. 내용은 뻔했다. 싸구려 캐리어가 터져서 가방 속 물건들이 튀어나왔는데 죄다 먹을 거였다던 뭐 그렇고 그런 이야기. 미선을 포함한 패거리들은 여행 당시 소소한 에피소드를 곁들여가며 무척 즐거워했다. 그들은 한참 동안 추억 속에 머물며 웃고 또 웃었다. 나도 따라 웃어주었다.

"명품 가방 산다고 단체로 적금 들었던 기억나?"

그들의 수다는 기준도, 방향도 없이 이어졌다.

"돈 아끼려고 모이면 맨날 떡볶이만 먹고 그랬잖아."

"그때 산 명품 가방 몇 번 들어보지도 못했는데 유행 다 지났어."

"아끼다 똥 된 거지. 차라리 맛있는 거나 실컷 먹을걸."

"야, 그래도 그땐 세상을 다 가진 기분이었어."

"맞아. 덕분에 나도 더러운 직장생활 이 악물고 버텼다."

세상을 다 가진 기분, 나도 안다. 2년 만에 편입시험에 합격했던 날이었다. 간당간당한 토익성적 덕분에 당시 나는 밤마다 시험에 떨어지는 악몽에 시달려야 했다. 한밤중에 깨어나 꿀쩍꿀쩍 울다가 다시 잠드는 날이 허다했다. 그래도 그 길이 아니면 죽는 수밖에 없다고, 살아봐야 아무 의미 없다고, 그땐 그랬다. 시험에 합격하고 나니 가위에 눌렸던 공포마저 영광의 상처가 되어 있었다. 패거리들의 달갑지 않은 축하도 가볍게 웃어넘길 수 있던 그때였다. 나는 그들의 기분을 알겠다는 듯 열심히 고개를 끄덕였다.

"너희들 없었음 나 진짜 우울증 걸렸을지도 몰라."

패거리 중 한 명이 알딸딸한 얼굴을 하고 뜬금없이 간지러운 고백을 했다. 다들 쑥스러운지 말이 없어진 그들은 누가 먼저랄 것도 없이 잔을 부딪쳤다. 당시 스무 살이라는 것 말고는 어떤 메리트도 없던 애들은 서로를 뽐내고 현재 삶을 으스댈 줄 알았는데, 함께 절망했던 시절을 들먹이며 그때를 그리워하고 있었다. 그 이야기를 듣고 있는데 내 삶이 번잡스럽게 스쳐 지나갔다.

편입 후 나는 철저히 혼자가 될 수밖에 없었다. 같은 과 애들이 편입생인 나를 끼어주려 하지 않았기 때문이다. 나답지 않게 적극적으로 그들 틈에 끼어보려 했지만 역부족이었다. 마치 오리지널과 짝퉁을 구별하려는 듯 교묘히 나를 따돌렸다. 혹시 미선처럼 먼저 다가와 친구가 되려는 애들이 있을까 기대했지만 없었다. 자존심을 내세울 새도 없이 한 해가 지나가버리고 졸업반이 되었다. 취업을 대비한 학점관리와 자격증에 열을 올렸다. 때도 모르고 끼어드는 외로움 따위 모른 체했다. 자칫 아는 척을 했다가는 이성을 잃고 주저앉아 버릴 것 같았기 때문이다. 올 때 가서 울자고 다짐하며 매몰차게 꾹꾹 눌러 담았다. 나는 문득 서러워졌다.

"미선이 결혼식 때에도 축가 부르는 거야?"

다들 미선을 향해 깔깔거렸다. 얼굴이 벌게진 미선이 변명을 늘어놓는다.

"아니 그게 아니라 내 얘기 좀 들어봐. 노래 부르다가 혼주석을 봤는데 수연이 어머님이 눈물날까봐 일부러 눈을 부릅뜨고 우리를 쳐다보시는 거야. 웃기기도 하고 슬프기도 하고. 진짜 울 생각은 아니었는데 내 의지와 상관없이 눈물이 흐르고 있었다니까."

"미선이가 하도 우니까 하객들이 막 수군거렸어."

"신부랑 무슨 기구한 사연이 있는 줄 알았을 거다."

"어차피 나중에는 다 따라 울었으면서 뭘 그래."

그들은 결혼식 날을 곱씹으며 웃었다. 나는 그날 내 인생 처음으로 '별것'이 되어버린 미선이 절실했다. 내가 그토록 가고 싶어 안달했던 회사로부터 불합격 메일을 받은 날이었기 때문이다. 최종면접도 분명 평소와 달랐기에 당연히 합격할 거라고 확신하고 있었다. 정말 죽고 싶다는 말이 입 밖으로 튀어나왔다. 살아갈 가치도, 힘도, 남아 있지 않았다. 나는 울면서 미선에게 전화를 했다. 하지만 미선은 받지 않았다. 메시지도 남겼지만 다음 날에도 연락이 오지 않았다. 대신 미선의 SNS에 수십 장의 결혼식 사진이 올라왔다. 사진 속에서 미선과 패거리들은 웃고 울며 세상에서 가장 행복한 시간을 보내고 있었다. 아무리 살아도 별반 다를 것 없는 삶이 기다리고 있단 걸 그때도 알았더라면 이토록 애쓰며 살지 말 걸. 세상 참 잔인하기도 하지. 나는 더욱 서러워졌다.

그들은 본격적으로 무슨 노래를 부를지, 언제 연습을 하는 게 좋을지 즐거운 계획들을 짜기 시작했다. 누군가 당장 노래방으로 달려가 축가 연습을 하자고 제안했다. 대화를 하다 말고 패거리들이 슬쩍 내 눈치를 보는 게 느껴졌다. 나는 일어나야 할 때가 되었음을 느꼈다. 그들 틈에 끼어 미선의 결혼식을 준비한다면 패거리들은 물론 미선도 불편해할 것이 뻔했다. 나는 막차 시간을 핑계 대며 주섬주섬 옷을 챙겼다. 잠깐 누군가 잡아주지 않을까 하는 기대도 했지만 미선조차도 날 잡을 생각이 없어보였다.

"가려고?"

역시 눈치 빠른 미선이 물었다. 어서 가보라는 뜻이다.

다들 말없이 나만 바라보고 배웅할 준비를 했다. 그때는 내가 먼저 그들을 밀쳐냈는데 이제는 그들이 슬며시 나를 밀어내고 있었다. 가게 문을 나서는데 울컥거리는 기분이 들어 순간 당황스러웠다. 방향도 없이 휘몰아치는 밤바람이 두 뺨을 사정없이 치고 지나갔다. 술기운이 잔뜩 오른 얼굴이 후끈거렸다.

금요일 저녁이라 지하철 안은 많은 사람들로 부대꼈다. 서로 불편하지 않을 만큼의 거리를 팽팽하게 유지한 채 일제히 각자 휴대폰을 바라보고 있었다. 한 번 울컥한 기분은 좀처럼 가라앉지 않았다. 그때 휴대폰이 울렸다. 엄마였다, 우리 엄마였다. 하지만 엄마는 전화를 받자마자 누가 들을까 무서운 욕설들을 쏟아냈다. 옷을 왜 허락도 없이 들고나갔는지가 엄마 말의 요지였으나 주변에 붙은 불쾌한 수식어들 덕분에 파악이 불가했다. 엄마는 실컷 퍼붓다 말고 일방적으로 전화를 끊어버렸다. 나는 제대로 설 만한 자리 하나 없는 좁은 지하철 안에서 계속 휘청거렸다. 넘어질까 두려워 손잡이를 찾는 내 꼴이 우스웠다. 버둥거리며 살아봤자 더 이상 나아지지도 않는 주제에 넘어지지도 못하는 꼴이 참 가여웠다.

코너를 돌아 아파트 입구에 들어서자 일기예보대로 눈송이가 하나둘씩 떨어지기 시작했다. 컴컴한 땅만 보며 걷던 나는 고개를 들어 하늘을 보았다. 저만치 앞서 걷고 있던 익숙한 뒷모습도 잠시 멈춰 서서 하늘을 올려다보고 있었다. 낮에 지하철에서 마주쳤던 감색 등산복 차림의 아버지였다. 나는 '아버지'라는 말이 너무 낯설어 입밖으로 꺼내지 못했다. 그저 그의 걸음에 맞춰 천천히 따라 걷기만 했다. 언제부터였을까. 아버지와 나 사이에 이만큼의 거리가 생긴 게. 너무 까마득해 기억도 안 난다. 앞으로 더 멀어질까 봐 두렵지만 도대체 뭘 어떻게 해야 그 거리를 좁힐 수 있는지 도저히 모르겠다. 어느새 아버지는 시야에서 사라지고 없었다.

*

엄마는 이미 피곤에 짓눌려 잠이 든 모양인지 문 여닫

는 소리가 제법 크게 났는데도 나와 보지 않았다. 나는 마침, 내 방에서 나오는 아버지와 마주쳤다. 화들짝 놀란 나는 멍하니 서서 아버지를 바라보았다. 나와 눈을 맞추지 못하고 자초지종을 설명하려던 아버지는 재채기가 나오려는지 코를 벌름거렸다. 말을 하려고 할 때마다 등장하는 재채기 기운에 괴로워하던 아버지는 나에게 됐다는 손짓을 하고 냉큼 아들 방으로 들어가 버렸다. 한 평 남짓한 내 방에 들어서자 안도감이 밀려왔다. 옷을 벗으려는데 책상 위에는 만 원짜리 세 장이 가지런히 포개져 놓여있었다. 옆방에서 아버지의 재채기 소리가 희미하게 들려왔다. 연거푸 세 번이었다. 나는 옷을 벗으려다 말고 그대로 침대에 벌러덩 누웠다. 아까부터 울컥거렸던 마음이 결국 눈물을 쏟아내고 있었다.

오랜만에 나가보니 삶은 무한대로 잘도 흘러가고 있었다. 문득 나만 고여 있는 것 같다는 생각이 들었다. 고인 물은 썩는다던데. 그럼 나의 삶은 흘러가는 게 아니라 썩어가고 있는 건가. 웅크리고 있던 내 안의 뜨거운 한숨이 입 밖으로 튀어나와 방 안을 맴돌다 흩어졌다. 아무리 생각해도 나는 내일 무엇을 해야 좋을지 도무지 떠오르지 않았다. 꼭 무엇을 해야 하는 내일이 부담스러워졌다.

문득 꿈속에서 헤매는 시간이야말로 나에겐 가장 편하고 부담스럽지 않다는 사실을 깨달았다. 왜 진작 알지 못했을까. 내가 가장 활발하게 꿈틀거리며 살아있음을 느끼는 순간이 바로 꿈속이란 걸. 나는 계속 꿈을 꾸기로 맘먹었다. 벌떡 일어나 침대 맡에 메모지를 정돈하고 정갈하게 누운 채 가만히 눈을 감았다. 꿈속으로 기어들어갈 모든 준비를 마쳤다. 꿈의 조각을 완벽하게 맞출 때까지 깨어나지 않을 것이다. 꿈따위 굳이 기억나지 않아도 괜찮다. 더 이상 깨어날 필요가 없으니까.

첨엔 열심히만 하면 당연히 붙을 줄 알았는데 열심히 해도 안 되는 일이 생기니까 되게 당황스럽더라. 교사 말고는 생각해본 적이 없었거든. 부모님은 물론이고 주변 사람들 모두 내가 선생이 안 되면 뭘 먹고살겠냐고 할 정도였어. 근데 나라에서 시켜주질 않는 거야. 하루는 아버지가 답답한 맘에 점을 보고 오셨는데 점쟁이가 당신 아들은 선생 할 팔자가 아니라고 했대. 나보다 더 교사가 될 거라고 믿고 계셨는데 그 뒤론 내가 계속한다고 할까 봐 겁을 내셨어.

답답한
재주를
가진
남자

"잘 버티고 있냐?"

"묻지 마라, 죽지 못해 산다."

"독한 놈. 그러다 학교 뒷산에 묻히겠다."

"진짜 학교 뒷산에서 콱 뒈져버릴까?"

곧이어 정수의 깊은 한숨이 몰려왔다.

"아무나 죽냐, 죽을 놈이었음 벌써 죽었다. 작년에도 칠전팔기 외치던 놈이 너 아냐? 죽을 때 죽더라도 여덟 번 채우고 죽어."

"그걸 위로라고 하는 거냐, 이 못된 자식아."

"나와라, 술 사 줄게. 10시에 수업 끝나니까 30분쯤 보자. 근처로 태우러 갈게."

잠시 정적이 흘렀다.

"너, 너 차 샀냐? 이 자식 보게, 형님한테 보고도 안 하고."

정수는 임용고시에 세 번이나 떨어진 우울한 현실을 망각하고 친구의 새 차에 적잖이 흥분하고 있었다.

"나 지금 운전 중이니까 나중에 통화하자."

"아, 진짠가 보네? 차종이 뭐야? 벤츠? BMW?"

"시험 떨어진 놈 맞냐? 끊어."

우려했던 것보다 정수의 상태는 훨씬 괜찮았다. 오히려 평소와 다를 바 없는 목소리에 준성은 피식 웃고 말았다. 차 앞 유리창엔 때 이른 봄비가 추적추적 떨어져 을씨년스러운 분위기를 자아내고 있었지만 준성은 아랑곳하지 않았다. 불과 1년 전만 해도 이런 삶을 살게 될 거라곤 생각도 못 했는데 친구가 힘들 때 술도 사 주고, 제 명의의 차도 갖게 되다니. 무엇보다 스스로 노력한 삶의 대가라는 사실이 준성은 무척 대견스러웠다. 라디오에선 57분 교통정보가 흘러나왔다.

'이젠 교통정보에도 귀를 기울여야겠군.'

라디오 시그널에 맞춰 나지막이 흥얼거리던 준성은 내

차라는 사실을 인지하고 한껏 목소리를 드높였다. 느긋하게 달리던 차는 결국 신호를 놓쳐 횡단보도 맨 앞에 서게 되었다. 한산한 도로엔 몇 안 되는 사람들이 길을 건너고 있었다. 어느새 비와 눈이 섞여 지저분하게 쏟아지기 시작했다. 성능 좋은 와이퍼는 눈비로 뒤범벅된 앞 유리를 언제 그랬냐는 듯 말끔히 닦아놓았다. 밖이 훤히 드러나자 길 건너는 사람들이 자신의 새 차를 힐끔거리는 것 같았다. 준성은 사람들 시선을 하나하나 살피며 차에 관심을 갖는지 주시했다. 순간, 깜짝 놀란 준성은 고개를 푹 숙이고 몸을 움츠렸다. 왠지 성진을 본 것 같았기 때문이다. 그는 한동안 고개를 들지 못하고 숨어 있었다. 그러는 사이 신호가 바뀌었는지 뒤차가 짜증스럽게 경적을 울렸다. 이미 옆 차선의 차들은 저만치 달려 나가고 있었다. 준성은 허둥지둥 엑셀러레이터를 밟으며 주변을 살폈지만 성진은 없었다.

'정말 성진이 형이었으면, 고개도 못 들고 쩔쩔매는 자신을 지켜보고 있었으면 어쩌지.'

그가 성진일지 모른다는 사실보다 자신의 행동이 더

당황스러웠다. 창피하고 불쾌한 기분이 훅 끼치자 얼굴이 달아올랐다. 계속되는 기분은 준성 옆에 달라붙어 떠날 줄 몰랐다. 그는 결국 좌회전 신호를 놓치고 말았다.

찰거머리 같던 기분은 점점 확장되는가 싶더니 준성의 왼쪽 관자놀이에 편두통을 몰고 왔다. 진통제를 네 알이나 삼켰지만 소용없었다. 욱신거림은 뺨을 타고 내려와 턱밑까지 못 견디게 만들었다. 수업이고 뭐고 빨리 집에 들어가 눕고만 싶었다. 하지만 시간은 더디고 하염없이 흘렀다. 준성이 자꾸만 시계를 들여다보자 짓궂은 학생 녀석이 끝나고 애인 만나러 가느냐며 장난을 걸어왔다.

"조용히 해!"

선생의 일그러진 얼굴엔 전혀 관심 없는 녀석에게 준성은 버럭 소리를 질렀다. 녀석은 어깨를 으쓱해 보이더니 여유롭게 준성을 씹어버렸다. 선생의 곤두선 목소리가 거슬릴 뿐 어디 아프냐고 묻는 아이 하나 없었다. 결국 준성은 10분 일찍 수업을 마쳤다. 아이들은 무슨 횡재라도 만난 것처럼 가방도 제대로 챙기지 못하고 달아나버렸다. 텅 빈 교실, 준성은 가방에서 약을 꺼내 진통제

두 알을 더 삼켰다. 기분 나쁜 약 냄새가 식도를 타고 올라왔다. 딩동.

'나 지금 출발. 운동 삼아 걸어간다.'

정수의 문자였다. 아차, 약속을 취소한다는 걸 잊고 있었다. 준성은 통화 목록에서 정수를 찾아 버튼을 누르려다 고민했다. 자신이 먼저 술을 산다고 한데다 정수는 이미 추운 빗길을 걸어가고 있을 것이다. 일 년여 만에 잡은 약속이었고 그는 임용고시에서 세 번째 낙방을 했다. 지금 아프다고 약속을 취소해봐야 정수의 반응도 아까 그 학생 녀석과 다를 게 없을 것 같았다. 친구의 안위를 걱정하기보다 왔던 길을 돌아가며 미리 연락 안한 자신을 서운해 하겠지. 그래, 얼굴만 비추고 일어나자. 준성은 자신도 곧 출발한다는 답장을 보냈다.

정수는 그토록 우람하던 몸집을 축 늘어뜨리고 힘겹게 준성을 맞이했다. 최종면접에서 고배를 마신 것이 충격인 모양이었다. 소주가 몇 잔 오고가자 정수의 넋두리가 시동을 걸었다.

"넌 차도 사고, 잘나가는데 난 이게 뭐냐. 내가 너무 큰 욕심을 부리는 거냐."

"시끄러워. 사는 거 다 똑같아."

나름의 위로였는데 정수의 귀에는 가닿지 않는 모양이었다. 오직 자신이 떨어진 데 대한 억울함만 호소했다.

"뭐가 문제인지 모르겠어. 최종에서 물먹으니까 진짜 당황스럽다. 이번엔 꼭 될 줄 알았거든. 나뿐 아니라 주변 사람들도 그랬어, 나 아니면 누가 되냐고."

"마지막이다 생각하고 한 번만 더 해봐."

"나보고 이 짓을 또 하라고? 차라리 죽으라고 해. 이제 후배도 없어. 지금 남은 애들이 마지막이야. 2월에 걔네랑 같이 졸업 못하면 나 혼자 졸업해야 돼. 생각해보니까 별게 다 쪽팔리게 만드네. 멀쩡히 다니던 학과가 없어진다는 게 말이 되냐."

"다른 학교도 마찬가지래. 역사에는 남겠지, 졸업장은 있으니까."

정수는 준성의 찌그러진 얼굴 따윈 안중에도 없었다. 아프다고 말할까 말까 고민하는 사이, 테이블에 고개를 묻은 정수의 우람한 어깨가 들썩이기 시작했다.

"너, 너 지금 우냐? 미친 자식."

주변 사람들이 정수를 힐끔거렸다. 작년 이맘때도 똑같은 포즈로 울면서 분명 붙을 줄 알았다고 확신했던 그였다. 정수는 한참 동안 엎드려 있었다. 이윽고 눈물과 콧물로 범벅이 된, 눈 뜨고는 차마 볼 수 없는 시커먼 얼굴이 고개를 들었다. 준성이 서둘러 냅킨을 건네자 자신도 창피했는지 재빨리 얼굴을 수습했다.

"고맙다."

훌쩍이며 정수가 말했다.

"뭐가?"

"돈 잘 벌어서."

"내가 돈 잘 버는데 왜 니가 고맙냐."

"니가 잘나가니까 나한테 술도 사 주지, 둘이 똑같아 봐라."

"지식 팔아서 사 주는 술은 안 마신다며? 사교육이 근절돼야 우리나라 공교육이 살아난다고 노래를 부르던 자식이."

"그때 니가 날 뿌리치고 성진이 형 따라가 줘서 얼마나 고마운데."

"술이나 처먹어."

"나 안주 하나 더 시켜도 되냐? 울었더니 허기가 지네. 여기요, 메뉴판 좀 주세요."

친구의 원맨쇼가 흥미로웠는지 이제야 약 효과가 나타난 건지 준성의 편두통은 조금씩 잦아들고 있었다.

"성진이 형 잘 있지?"

준성은 뜸 들이다 대답을 놓쳤다. 못 알아들었다고 생각한 정수는 다시 물었다.

"잘 있겠지."

"뭔 대답이 그러냐?"

"뭐가, 잘 있다니까."

정수는 눈치 없이 성진의 이야기를 계속했다.

"학교 땐 잘 몰랐는데 나이 먹고 보니까 성진이 형 같은 사람도 없는 것 같아. 사실 성진이 형 좋아하는 사람 별로 없었잖아. 조 짜서 과제할 때나 찾았지. 너무 열심히 하는 것도 민폐라는 걸 가르쳐준 형이었는데, 알고 보니 내 입 하나 덜기도 바쁜 세상에 후배까지 챙겨주는 사람이었다니."

"챙기려면 왜 못 챙겨, 그리고 다 저한테 도움이 될 만하니까 챙겨주는 거야."

정수는 입을 다물고 준성의 눈치를 살폈다. 그사이 점원이 먹음직스러운 냄새를 풍기는 해물파전을 들고 왔다. 정수는 기름이 지글거리는 파전을 꾸역꾸역 입에 넣으며 뜨거워 어쩔 줄 몰랐다.

"천천히 먹어, 어차피 니가 다 먹을 거야."

준성이 빈 잔을 채워주며 말했다. 둘은 흘러간 사람들과 각자에게 일어난 시시콜콜한 일상들을 곱씹었다. 더이상 성진이 언급되는 일은 없었다.

*

연락이 두절된 지 4년 만에 성진은 종강 총회에 모습을 드러냈다. 학과 폐지 문제가 대두되면서 총학생회 소속의 학과 선배들에게 연락이 닿은 모양이었다. 비대한 몸집과 달리 애교가 많은 정수는 새내기 시절부터 특히, 남자 선배들에게 인기가 좋았다. 넉살까지 풍부해진 정수는 선배들 틈에 끼어 안부를 묻고 우스갯소리로 분위기를 띄웠다. 새 회장으로 선출된 후배는 이 자리를 마련한 목적을 잊은 채 대선배님들의 축하주를 무작정 받아마셨다. 선배들은 오랜만에 학창시절로 돌아간 기분이 들었는지 그 시절 서로에 대한 짓궂은 레퍼토리를 꺼내며 웃고 떠들었다. 정수는 자리에서 일어나 선배들마다 술을 따라주며 인사를 다녔다. 제일 가장자리에 앉아 말없이 웃기만 하던 성진에게도 잔을 권하며 반갑게 말을 걸었다.

"형, 되게 오랜만이에요. 뭐하고 지내셨어요?"

성진이 대답하려는 찰나, 건너편 테이블에서 누군가 정수를 불렀다. 성진에게 '잠깐만'이라며 떠난 정수는 가버리더니 그만이었다.

슬슬 취기가 오를 무렵, 준성은 잔을 들고 홀로 있는 성진 곁으로 갔다.

"형, 오랜만이에요."

"잘 지냈어? 진짜 오랜만이네. 이번에 졸업이지? 임용 준비하는 거야?"

"형식적으론 그런데 잘 모르겠어요. 계속해야 할지 말지. 경쟁률도 너무 세고, 저보다 열심히 하는 애들도 많고."

"그래, 고민 많을 때지."

성진은 준성의 난처한 곳을 건드린 것 같아 화제를 바꿨다.

"넌 여전히 정수랑 잘 지내는구나?"

"그렇죠 뭐. 맨날 티격태격해요."

"그러면서 정드는 사람들이 있지. 보기 좋다."

두 사람의 깍듯한 대화가 오고 가는 사이 정수가 벌떡 일어나 혀 꼬부라진 목소리로 건배를 제안했다. 두 사람은 다시 사람들 틈에 끼어 웃고 술을 마셨다.

"준성이는 점점 성진이 닮아간다."

얼마 전, 사립고 정교사가 됐다는 성진의 동기가 나란히 앉은 두 사람을 바라보며 말했다. 성진과 준성은 뜬금

없는 이야기에 서로를 바라보며 멋쩍게 웃었다.

"준성이가 더 잘생겼지."

다른 선배가 말했다.

"무슨 소리야. 키가 작아 그렇지 인물은 성진이가 낫구만."

"넌 동기라고 편드는 거냐."

술 취한 정수가 냉큼 준성에게 달려가더니 그의 목을 끌어안으며 말했다.

"우리 준성이가 갑이죠."

"징그러운 자식, 저리 안 가."

질겁하는 준성과 그를 붙잡고 늘어지는 정수를 보고 모두 박장대소했다. 학과 폐지 문제를 심각하게 논의하겠다며 대선배들을 한자리에 모아놓은 새 회장은 결국 이기지도 못할 술을 이길 것처럼 받아 마시고 기절해버렸다. 지칠 줄 모르는 술판은 점점 무르익어 새벽 1시가 넘도록 이어졌다.

"형은 뭐하고 지내세요?"

"난 학원에서 아이들 가르쳐."

"할 만해요?"

준성은 자신의 질문이 시건방졌다고 느꼈다. 반면, 성진은 정성스럽게 답했다.

"학원에서 일하기 전엔 선입견 같은 게 있었는데 많이 깨졌어. 즐겁기도 하고 새롭게 깨달은 것도 있고. 알면 알수록 흥미로운 곳이야."

"어떤 면이요?"

성진은 잠시 뜸을 들였다.

"아이들한테 이것저것 시도해볼 수 있거든. 학교였으면 잘은 모르지만 그런 기회는 주어지지 않았을 것 같아. 어쩌면 학교야말로 보수적이고 유연하지 못한 곳일지도 모른단 생각이 들더라고. 학교랑 다르게 일한 만큼 돈도 벌고."

성진은 어색하게 웃었다. 힘들어 죽을 맛이라거나 사회생활은 정말 엿 같다거나 지금이 제일 좋을 때니 즐기라거나 따위의 뻔한 소감을 전해들을 줄 알았던 준성은 의외였다.

"아마 여기 모인 사람들은 내가 말해도 잘 모를 거야,

너도 그렇고."

"네, 잘 모르겠어요."

준성의 대답에 성진이 남은 잔을 비우고 주섬주섬 자신의 코트를 챙겨 입었다.

"담배 피우러 안 갈래?"

술집 안은 이미 담배 연기로 자욱했지만 성진의 말뜻을 눈치 챈 준성은 냉큼 따라나섰다.

밖은 안의 열기와는 상반되게 냉기를 뿜어내고 있었다. 준성에게 담배를 건넨 성진은 피우지 않겠다고 했다.

"괜찮아, 피워. 병원에서 끊으라고 했거든."

성진은 준성이 들고 있던 담배에 불을 붙여주었다. 준성의 입에서 흘러나온 희뿌연 연기는 싸늘한 바람결을 따라 민첩하게 흩어졌다.

"첨엔 열심히만 하면 당연히 붙을 줄 알았는데 열심히 해도 안 되는 일이 생기니까 되게 당황스럽더라. 교사 말고는 생각해본 적이 없었거든. 부모님은 물론이고 주변 사람들 모두 내가 선생이 안 되면 뭘 먹고살겠냐고 할 정도였어. 근데 나라에서 시켜주질 않는 거야. 두 번이나 물먹고 나니까 정말 미치고 환장하겠더라. 하루는 아버지가 답답한 맘에 점을 보고 오셨는데 점쟁이가 당신 아들은 선생 할 팔자가 아니라고 했대. 나보다 더 교사가 될 거라고 믿고 계셨는데 그 뒤론 내가 계속한다고 할까 봐 겁을 내셨어. 곧 정년퇴직이셨거든. 내가 포기하고 취직하겠다니까 인맥 동원해서 적극적으로 일자리를 알아봐 주셨어. 처음엔 부모님 원하는 대로 해드렸지. 담배 더 피울래?"

다 피운 담배꽁초를 발로 비벼 끄는 준성을 향해 성진이 물었다.

"역사 관련 인쇄물을 만드는 회사였는데 내가 영업을 너무 못하는 거야. 내가 생각해도 사람들이 내 말 듣곤 일을 안 맡길 것 같더라고. 6개월도 못 버티고 그만뒀어. 그다음엔 택배회사 물품 관리직이었는데 보수는 작아도 일은 편했어. 문제는 맨날 적자여서 제때 월급을 안준다는 거였지만. 근데 갑자기 큰 회사가 인수했다는 거야. 이제 제날짜에 월급 받겠다고 좋아했는데 자르더라.

그렇게 1년 지나가는데 동기들 합격 소식이 들리더라고. 나도 1년 더 했으면 붙지 않았을까 하는 생각이 밀려오면서 다시 시험 준비를 했어. 아버지는 당신 먹고 살 것도 없다고 딱 잘라 말씀하셨어. 공부하면서 할 수 있는 알바가 뭘까 찾다가 보습학원 일을 하게 됐는데 내가 학부모들한테 꽤 선전했던 모양이야. 원장님이 보너스까지 얹어주면서 전임으로 일해보자고 하더라고. 기분이 묘해지더라. 오랜만에 시험 준비하니까 눈에도 잘 안 들어오고, 학원 일도 막 탄력이 붙었고. 그러면서 생각했어. 어차피 가르치는 일은 똑같은데 내가 너무 자리를 가린 게 아닌가 하고. 그래서 학원에 눌러앉게 된 거야. 경력 쌓아서 지금 학원으로 이직했고."

성진은 담배를 꺼내 금방이라도 피울 사람처럼 손가락으로 만지작거리며 말을 이었다.

"정말 대형 학원 몸집이 그렇게까지 클 줄 몰랐어. 단위가 전국구야. 거의 치킨 체인점 수준이라니까. 예전 같으면 교육을 빌미로 돈놀이한다고 돌아보지도 않았을 텐데 나도 모르게 긍정적인 부분만 보고 있더라고. 내가 아까 다양하게 시도해볼 수 있어서 좋다고 했지. 학원도 기업이라 이윤 창출이 목적이잖아. 계속해서 사람들한테 매력적인 아이템을 만들어 팔아야 돈이 들어와. 학부모들이 아이템만 좋으면 벌떼같이 몰려들거든. 다른 데선 아껴도 자식한테는 허리 휘는 줄도 모르고 돈을 쓰더라고. 강사도 하나의 상품이라서 경쟁력이 떨어지면 금세 밀려나버려. 나는 그 경쟁에서 살아남는 게 은근 재미있어."

준성은 그의 말이 긍정적으로 들리기도 했고 부정적으로 들리기도 했다.

"네가 어떻게 생각할지 모르지만 학원이 내가 생각했던 것만큼 몹쓸 곳은 아니었어."

학창시절, 준성이 알고 있는 성진은 좀 답답한 사람이었다. 그의 마음속을 들여다본 적은 없지만 적어도 준성이 본 그는 귀찮고 시간이 많이 걸리는 일을 도맡아 하면서도 그에 따른 보상을 다른 사람에게 돌리는 재주가 있었다. 주변 사람들은 성진의 그 부분을 곧잘 악용했고 준성은 늘 그런 그를 안타깝게 여겼다.

"형이 학원 강사라고 사교육 너무 두둔하는 거 아니에

요? 전 형, 누나에 치어서 학원 근처도 못 가봤는데. 그래도 꼬박꼬박 국영수 학원 다니던 제 짝꿍보다 좋은 대학 왔어요."

"교육을 입시라는 틀에 가두면 그렇지. 교육은 대학만을 위한 게 아니잖아. 그런 교육에서 공과 사의 구별은 무의미해. 내 목표는 공교육 안으로 사교육을 끌어들이는 거야."

"어떻게요?"

"보수적인 학교가 수용할 만큼 질 좋은 교육 프로그램을 개발해야지. 동시에 프로그램 운영이 가능한 교사진도 육성하고. 그럼 굳이 임용에만 목숨 걸 필요도 없잖아. 공교육은 여유도 없고 돈도 없어. 반대로 사교육은 적당히 돈 벌고 빠질 수 있는 일만 하고. 그래서 빨리 흥하고 빨리 망하지. 지금 내가 일하는 곳 원장은 욕심이 많아, 돈도 많고. 학교를 뛰어넘는 학원을 만들고 싶어해. 어떻게 보면 나랑 목적이 비슷하지. 그래서 내 계획을 긍정적으로 검토해주기로 했어. 자금도 지원해주고. 사실 큰 그림은 있지만 시행착오도 많고 시간도 아주 오래 걸릴 거야. 나와 뜻을 같이 할 사람들도 찾아야 하고."

준성은 성진이 형 정도면 함께 일해도 나쁠 게 없다는 생각이 들었다.

"준성아, 나랑 같이 일해 볼래?"

준성은 속내를 들킨 것 같아 대답을 못하고 웃기만 했다. 참다못한 성진은 담배에 불을 붙여 한 모금 깊게 빨아들였다. 두 사람은 아직 봄이 찾아오지 않은 춥고 긴 새벽녘에 한참 동안 서 있었다.

"너 어제 성진이 형이랑 나가서 뭔 얘기를 그렇게 오래 했냐?"

정수는 한 잔에 200원 하는 도서관 자판기 커피를 2천 원어치 째 들이키며 물었다.

"담배 있냐?"

준성의 물음에 정수는 코트 주머니에서 담배를 꺼내는가 싶더니 한 개비를 입에 물고 고이 집어넣었다.

"치사한 자식, 내가 돈 벌면 매일 한 보루씩 사 줄게."

"같은 처지에 큰소리는."

정수는 자신이 들고 있던 담배 한 개비를 준성에게 건네며 눈을 흘겼다. 준성은 어제 성진과 나눈 이야기를 아주 밀도 있게 들려주었다.

"결국 사교육 시장까지 흘러갔구만. 성진 형도 별수 없네."

예상과 달리 정수의 냉담한 반응에 준성은 살짝 맥이 빠졌다.

"성진이 형도 그동안 맘고생 많이 했더라. 들어보니까 되게 진지하고 구체적으로 계획하고 있더라고."

준성은 다시 한 번 힘을 실어 말했다.

"너, 오늘날 우리나라 교육계가 왜 이 모양인 줄 까먹었냐? 교육을 서비스한다는 게 말이 돼? 학원에서 선생질하는 것들이 애들한테 굽실대니까 애새끼들이 학교 선생한테 갑질해도 되는 줄 알잖아. 난 선생이 되고 싶지 지식 팔아서 먹고살긴 싫다."

일장 연설을 늘어놓은 정수의 얼굴이 벌게져 있었다.

"진정해라, 내 말은 굳이 공교육 대 사교육으로 편 가르지 말자는 거야. 싸워봐야 피해 보는 건 중간에서 새우

등 터지는 애들이랑 학부모라고. 우린 안 겪어봤냐."

"성진 형이 그러냐? 아주 둘이 꿈의 대화를 나누셨구만, 유토피아를 건설하셨어."

"글쎄 그게 아니라니까, 들어봐."

"그래서 결론은 너도 학원 가겠다는 거 아냐?"

"뭐, 꼭 그렇다는 건 아니고."

정수는 담배를 비벼 끄며 말했다.

"거창한 포부 잘 들었다, 명복을 빌게."

"이 자식이 오늘 꽈배기를 처먹었나."

정수는 어깨를 으쓱하더니 흡연실을 나가버렸다. 준성은 열심히 사는 성진이 열심히 사는 정수에게 왜 까여야 하는지 답답했다. 담배 생각이 간절했지만 준성의 주머니엔 담배 살 돈이 없었다.

*

집요하게 준성을 따라붙던 봄 햇살은 빌딩 숲에 이르자 자취를 감췄다. 대신 높은 빌딩들이 만들어낸 음침한

그늘이 버스를 덮쳐왔다. 창밖엔 출입카드를 목에 건 사람들이 거리로 쏟아져 나오고 있었다. 창밖을 바라보던 준성의 배에서 꼬르륵 소리가 났다. 온갖 공해를 뒤집어쓴 눈 덩어리가 녹지 못하고 사람들 발아래 질척거렸다. 차디찬 봄바람이 사람들의 머리를 마구 헝클어뜨리고 지나갔다. 신호에 정차해 있던 버스가 우회전하자마자 준성을 떠밀 듯 안내방송이 들려왔다. 훈훈한 버스 안에서 얕은 안도감에 빠져있던 준성은 여름 양복을 만지작거리며 벌써부터 추위에 떨어야만 했다. 창밖을 둘러보자 학원 간판으로 다닥다닥 수놓은 건물들이 눈에 들어왔다. 입시철이 지나서인지 거리는 스산함에 휩싸여 있었다. 버스는 정류장 바로 앞 신호에 걸려 멈췄다. 운전기사가 늘어지게 하품을 했다. 준성도 따라 하품을 했다. 이대로 영원히 신호대기에 서 있어도 나쁠 게 없다는 생각이 들었다. 파란불이 바뀌기도 전에 준성을 태운 버스는 신속하게 정류장에 멈췄다. 문이 열리자마자 밀려오는 칼바람 때문에 준성은 다시 버스 안으로 밀려들어갈 뻔했다. 양복과는 어울리지 않을 것 같아 차마 들고 나오지 못한

과科 점퍼가 아른거렸다. 준성은 가까스로 고개를 들어 재빨리 간판들을 훑어나갔다. 전면이 유리창으로 뒤덮인 차가운 건물에 준성이 찾던 학원 간판이 매달려있었다.

푸짐하게 생긴 대머리 사내가 성진이 말한 조 원장이었다. 준성과 책상 하나를 마주하고 앉은 그는 한 장뿐인 이력서를 꽤 오랫동안 들여다봤다. 사내는 아무것을 하지 않는데도 러닝머신 위를 달리는 사람처럼 땀을 흘렸다. 하지만 강의실엔 아무런 난방기도 가동되지 않아 준성의 곤두선 털들이 다닥다닥 소름을 만들고 있었다.

"박 선생 후배라고?"

다짜고짜 반말이었다.

"학교 때 박 선생이랑 친했나?"

"선배님이 세미나를 자주 열어서 저도 참여했습니다. 학번 차이가 나서 친하기보단 제가 존경하는 선배입니다."

"박 선생이 학원에 대해 뭐라고 하던가?"

준성은 문득 질문의 의도를 잘 파악해야 한다는 생각

이 들었다. 왜 자꾸 자신이 아닌 성진에 대해서 묻는 걸까. 성진은 원장에 대해 좋은 평가를 했던 것 같은데.

"원장님께서 교육에 대한 열의가 대단하시다고, 근무하면 배울 점이 많을 거라고 했습니다."

조 원장은 의외라는 표정으로 준성을 바라봤다.

"우리 학원에 지원한 이유가 뭔가?"

"최근에 선배님과 술자리를 가진 적이 있는데 학원에 대한 애정이 좋아 보였습니다. 일이 즐겁다는 사람은 처음이라 선배님이 일하는 직장이 궁금했습니다. 저는 즐겁게 일할 수 있는 곳이 제 직장이 되었으면 하거든요."

"박 선생과 분위기가 많이 다르군."

그는 한참 동안 준성의 이력서를 들여다보는 척하더니 마침내 결정을 내렸다는 듯 말했다.

"우리 학원은 종합 논술학원 중 규모도 가장 크고 수강생도 가장 많습니다."

이번엔 다짜고짜 존댓말이다. 준성은 자세를 고쳐 앉았다.

"즉시 수업에 투입될 수 있도록 두 달간 수습교육을 실시하고 있습니다. 교육 기간 동안 교통비 명목으로 백만 원이 지급됩니다. 강의를 시작하면 총 수입의 20%를 강사에게 지급합니다. 경력이 있든 없든 똑같습니다. 강사 역량은 학생 수가 평가해주니까. 또한 학원 측에서 최소한의 수업 할당을 해주기 때문에 월급을 받아보면 확실히 만족스러울 겁니다. 일 잘하는 강사에겐 인센티브도 지불합니다. 능력만큼 당연히 보상받아야 하니까. 때문에 경력 넘치는 강사들도 수두룩하게 면접을 보러 옵니다. 물론 대기업만큼 힘듭니다. 어차피 기업으로 치면 대기업이라고 볼 수 있지요."

조 원장은 볼을 타고 흘러내리는 땀을 닦고 다시 말을 이었다.

"강사는 아이들 관리도 중요하지만 학부모와의 유대가 우선입니다. 원생 수를 키우는 게 가장 중요합니다. 이것만 명심하면 돈 벌기에 우리 학원만 한 곳도 없을 겁니다. 마지막으로 강사들의 모든 수업 스케줄은 내가 직접 관리합니다. 나한테 잘 보여야 그만큼 득이 생기겠죠."

그는 다짜고짜 월요일부터 출근하라고 일렀다. 준성은

싱거운 합격 소식에 얼떨떨해하며 자리에서 일어났다. 학원을 나서며 성진에게 전화를 걸었다.

"형, 다음 주부터 출근하기로 했어요."

"이제부터 자주 보겠네. 저녁에 수업 끝나고 연락할게. 술이나 한잔하자."

준성은 전화를 끊고 정수에게도 합격했다는 문자를 보냈다. 하지만 답은 없었다.

"이제부터 수업 끝나면 종종 술 한잔씩 하자. 동네도 가깝고 정말 좋다. 니가 나랑 같이 일한다니까 왜 이렇게 든든하지?"

성진은 술이 몇 잔 들어가지도 않았는데 평소와 달리 들떠 있었다.

"내가 너 1학년 때부터 눈여겨봤던 거 모르지? 기억 안 나? 내가 처음 주최한 세미나에 너랑 정수랑 왔던 거? 그때 새내기는 딱 너네 둘이어서 내가 기억하지. 세미나랍시고 벌여놨는데 어렵고 재미없는 주제라 아무도 안 올까 봐 걱정했거든. 정수는 언제부턴가 안 보였는데 넌 혼자서도 꼬박꼬박 오더라. 그때 너 때문에 밤새우면서 세미나 준비하고 그랬어."

준성도 기억난다. 형이 자발적으로 만든 철학세미나. 매번 졸기만 하던 정수가 더 이상 못 가겠다며 질린 표정을 짓던 그 세미나. 짝사랑하던 여자 선배를 보기 위해 계속 갈 수밖에 없던 그 세미나. 입대하면서 짝사랑도, 철학도 흐지부지되었던 그 세미나.

"나랑 말이 잘 통할 것 같은 녀석이 들어왔다고 속으로 얼마나 좋아했다고. 내가 시험에 계속 물먹지만 않았어도……."

성진은 당시를 떠올리며 잠시 아쉬움에 젖는 듯했다.

"준성아, 이렇게 다시 만나서 정말 반갑다. 우리 그때처럼 잘해보자."

두 사람은 거세게 잔을 부딪치고 단숨에 마셔버렸다. 준성은 성진이 말하는 '그때처럼'이 뭐 대수인가 싶었다. 이력서를 몇 십 장씩 쓰며 취직에 목메지 않아도 되는, 좁아터진 임용고시 틈새에서 숨 막히지 않아도 되는 지금, 지금이 훨씬 더 중요했다. 이런 길을 알려준 성진이

고마울 따름이었다.

*

성진은 수습교육 담당자였다. 그는 늘 수습들보다 30분 일찍 도착했다. 지각 체크를 하지 않는데도 사람들은 성진의 눈치를 봤다. 수습들은 준성을 제외하고 모두 경력이 있었다. 성진은 함께 읽어야 할 도서 목록을 나눠주며 앞으로의 계획에 대해 설명했다. 준성은 그 시절 세미나를 주최하던 열정적인 성진을 다시 보는 듯했다. 바뀐 것이 있다면 그의 열정에 격하게 공감할 누군가가 준성 말고는 없다는 것이었다.

처음 일주일은 정해진 순서에 따라 책을 읽었다. 처음엔 다들 나름대로 정성껏 책을 읽었다. 밑줄을 긋고, 메모를 하고. 하지만 방대한 양의 어려운 책들은 생각보다 머리에 잘 들어오지 않았다. 책 읽기는 조금씩 지루한 일이 되어갔다. 사람들은 조금씩 잡담을 시작했다. 서로의 신상을 물어보며 가까워졌다. 잡담은 책 읽는 시간보다 많아졌다. 성진이 자리를 비우면 사람들은 아예 대놓고 자유 시간을 가졌다. 성진이 자리에 있으면 밖으로 나가 자유 시간을 가졌다. 준성은 조금 거슬렸지만 성진은 어떤 말도 하지 않았다.

일주일이 지나고 새로운 한 주가 되었다. 성진은 그동안 읽은 책에 대한 피드백을 시작했다. 책을 읽지 않은 수습들은 자신이 알고 있는 지식을 총동원해 어떻게든 메우려 했지만 성진은 사람들의 지식이 얼마나 형편없는지 똑똑히 일깨워주었다. 이런 일이 반복되자 몇 사람이 도중에 자취를 감췄다. 사람들 입에서 불만이 터져 나오기 시작했다.

"교수나 박사가 될 것도 아니고, 더군다나 애들 입시 교재 만든다면서 뭘 이렇게 까다롭게 굴어."

8년 동안 강사 생활에 잔뼈가 굵었다는 남자는 학원이야말로 유행에 민감해야 한다며 이런 방식의 교재 제작은 이미 철 지난 촌스러운 옷 입혀놓고 뒷북치는 거라고 비난했다. 애들이야말로 학원을 대학에 들어가기 위한 도구로 활용하지 그 이상의 의미를 두지는 않는다고 못

박았다.

"맞아요, 이곳은 학교가 아니잖아요."

경력이 고만고만한 수습들은 경력 많은 강사의 권위에 빌붙어 너도나도 그의 말에 동의했다. 한 달이 가까워오자 수습들은 한 달 치 월급만 받고 나갈 것인지 계속 버틸 것인지 고민했다. 성진은 이런 상황을 아는지 모르는지 계속 자신의 취지를 설명하고 또 설명했다.

"뜻은 좋습니다, 뜻만 좋아서 문제지. 저희는 스터디를 하러 온 게 아니고 생계를 위해 일을 하러 온 겁니다."

8년 차 강사가 총대를 메고 나섰다. 다들 크게 고개를 끄덕이며 긍정의 뜻을 보냈다.

"저희는 좀 더 실질적인 부분을 알고 싶습니다. 교재 제작에 참여하는 비용은 얼마인지, 강사마다 주어지는 수업은 몇 타임인지, 학년별로 학원비가 다른지, 보강에 대한 페이는 따로 책정이 되는지."

하지만 성진은 못 들은 척 자신의 뜻대로 밀어붙였다. 세미나 준비를 해오지 않은 수습들은 엉뚱한 발언으로 지적을 받거나 자신의 얕은 지식이 바닥날 때까지 질문 세

례를 받았다. 결국 한 달 만에 수습 인원은 절반으로 줄
었다.

"원장도 아닌데 왜 자기가 원장 행세를 하는 건지 모르
겠어요."

모 여대를 나왔다는 여자는 학원에서 성진과 함께 근
무하는 자기 선배의 말을 옮기며 흥분했다.

"혼자만 굉장히 열심히 하는 타입이래요. 수습 교육도
무보수로 하는 거라나."

"그럼 원장이 꽤 신임하겠네."

"초반엔 그랬는데 사이가 안 좋다는 말도 있고."

사람들은 주워들은 유언비어를 이리저리 짜 맞추며 성
진이 돈도 안 되는 일을 열심히 하는 이유를 찾아내려 애
썼다.

"근데 왜 원장은 거들떠도 안 봐요? 그 사람이 모든 수
업 스케줄을 관리한다면서요? 그럼 그 사람이 우리 역량
을 평가해야 하는 거 아닌가?"

"내 말이요."

"여기 저 사람 마음에 드는 수습은 한 명도 없을 것 같

은데."

　사람들은 틈만 나면 성진을 씹었다. 준성은 성진에게 수습들의 말을 전할까 고민했지만 똑같은 사람이 되는 것 같아 관뒀다.

　수습교육이 막바지인 어느 날, 조 원장이 불쑥 등장했다. 오늘 일정을 모조리 취소하고 수습들을 차례차례 앞으로 불러내 시강(시범강의의 줄임말)을 시켰다. 수습들은 너도나도 성진 앞에선 볼 수 없었던 열정적인 모습으로 조 원장의 눈에 띄려 애썼다. 성진은 원장 옆에서 없는 사람처럼 앉아 있었다. 조 원장은 강사들에게 알맞은 목소리 톤과 강사로서 센스 있어 보이는 제스처, 각자에게 어울리는 헤어와 패션 스타일, 아이들이 좋아하는 강사의 유형 등을 시시콜콜 지적하고 충고했다. 준성에게도 조 원장의 충고가 이어졌다."

　"장 선생도 이제 복학생 패션에서 벗어나야지.

　수습 몇 명이 키득거렸다.

　"도대체 여기서 수습들하고 뭘하는 거야? 쓸데없이 책

이나 읽으면서 이빨 까지 말고 도움이 되는 것들을 가르치라고!"

조 원장은 성진을 향해 거칠게 쏘아붙이고 나가버렸다.

"미운 털이 단단히 박힌 것 같은데."

"아까 표정 봤어요? 완전 불쌍해."

준성뿐 아니라 성진을 싫어하는 수습들조차 그를 동정했다. 수습이 마무리되기 사흘 전, 발제를 맡았던 수습을 포함해 사람들 절반 이상이 결석을 했다. 결국 스터디는 진행이 불가했고 시간은 붕 떠버렸다.

"수업에 들어가기도 전에 나태해지면 곤란합니다. 여기 나와 앉아 계신 분들과는 분명 차별을 두겠습니다."

성진은 정말 화가 난 것 같았다. 옆에 앉은 또래 선생이 준성에게 조심스레 물었다.

"혹시 원장님 전화 받으셨어요?"

"아니요."

"다들 원장님이 따로 전화해서 곧 수업 들어가니까 준비 철저히 하라고 했대요."

"저는 못 받았어요."

"그렇구나, 저도요."

또래 선생의 표정이 시무룩해졌다. 준성은 전화를 받고 출근을 안 하는 사람들의 태도도 이해 안 갔지만, 끝까지 수습 강사들을 제멋대로 처리하는 조 원장의 심보가 맘에 안 들었다. 이유 없이 당하기만 하는 성진에게도 부아가 치밀었다.

성진의 수습 평가서는 끝내 아무런 영향도 끼치지 못했고, 조 원장의 호불호에 따라 수업 스케줄이 정해졌다. 준성은 경력이 없다는 이유로 교육이 끝나고 두 달이 지나도록 아무런 수업도 할당받지 못했다. 함께 입사한 동기들 중에는 수완이 좋아 몇 달 만에 인센티브까지 챙기는 이도 있었다. 준성은 강사들에게 급한 일이 생길 때마다 임시로 투입되었다. 조 원장은 준성의 존재를 잊은 것처럼 스치고 지나갔다. 하지만 준성에게 이곳만 한 곳은 없었다. 하루 종일 앉아 책을 볼 수 있고, 성진이 형과 교재를 만드는 일도 재미있었다. 수습 월급도 꼬박꼬박 들어왔다. 성진은 매일같이 준성에게 전화를 하고, 짬이 나면 찾아와 밥도 사 주고 술도 사 주었다.

"준성아, 걱정 말고 일단 나랑 같이 교재 만들면서 수업은 좀 여유롭게 하자."

교재 작업을 같이 한다는 명분으로 성진은 준성에게 자신 월급의 일부도 떼어주었다. 준성이 생활하는데 아무 문제가 없었다. 사람들은 조 원장과 성진의 싸움에서 왜 버티느냐며 걱정했지만 상관없었다. 어차피 버티다 보면 교재는 완성될 테고, 교재를 바탕으로 수업을 한다면 자신만큼 잘 아는 이도 없을 테니 말이다. 준성은 여유를 부렸다. 머지않아 이곳에 가장 필요한 사람이 될 것이고, 반드시 남아야 할 명분이 생길 거라고.

*

성진은 교재 작업에 대한 돈이 들어오지 않은 것을 확인하고 원장실 문을 두드렸다. 조 원장은 뜻밖의 대답을 내놓았다.

"앞으로 교재 작업은 문 선생이 진행할 거야."

그는 준성과 함께 입사했던 8년 차 강사였다.

"교재 작업은 고유한 제 권한이고 누구도 대체될 수 없습니다."

"그깟 학원 교재가 뭐 그리 대단하다고 권한을 따져. 혼자만 할 수 있는 일처럼 시건방 떨지 마."

"미리 말씀 못 드려 죄송합니다. 저 혼자만으로는 힘에 부쳐 현재 장 선생과 함께 교재 작업을 진행하고 있었습니다. 장 선생도 정식으로 참여할 수 있게 해주십시오."

"뭔가 착각하나 본데 원장은 나야. 나한테 이래라저래라 하지 마. 술자리에서 농담 삼아 던진 말을 덥석 추진했을 때도 내가 얼마나 황당했는지 알아? 막말로 교재가 박 선생이 말하는 대로 불티나게 팔릴지, 서점마다 널린 종이 쪼가리가 될지 누가 알아? 난 교육자인 동시에 사업가야. 손익분기점을 따져야 한다고. 장준성이를 자르지도 못하고 월급 주는 것도 얼마나 억울한데 돈을 얹어 주면서까지 부리라는 거야? 순진한 거야, 멍청한 거야. 박 선생 후배라고 해서 내버려 뒀더니 눈치코치 없는 것도 똑같네."

"장 선생은 수습 기간 중에 누구보다 성실하고 열심히 임했습니다. 시강 실력도 떨어지지 않고요. 장 선생의 어느 부분이 미흡한지 말씀해 주십시오."

"내가 방금 말했잖아. 너랑 똑같다고, 그래서 싫다고."

성진은 말문이 막혔다.

"내가 만들어 놓은 체제 안에서도 학원은 얼마든지 잘 굴러가. 여기서 만족해, 더 이상 바라지 않아. 너희가 뭔데 내가 가까스로 일궈놓은 텃밭에 와서 뿌리를 흔들어. 니가 학교 선생이야? 학원에 왔으면 돈이나 벌어. 교육자 코스프레 하지 말고."

원장실을 나온 성진은 흥분을 가라앉히려 애썼다. 손이 떨려오자 주먹을 불끈 쥐었다. 자신이 당한 모욕보다 자신만 믿고 따라온 준성에게 어떻게 말해야 할지 눈앞이 캄캄했다.

'조 원장에게 얻어낼 건 돈 밖에 없었어. 제대로 된 교육 프로그램만 만들면 투자 받는 일쯤은 어렵지 않을 거야. 그래, 시간이 좀 더 걸리겠지만 분명 준성이가 따라와 준다면, 따라와만 준다면……'

성진은 자신의 생각에 확신을 심어줄 사람이 필요했다. 그는 준성에게 전화를 걸었다. 통화 중이었다.

모르는 번호였다. 무심코 받아보니 조 원장이었다. 그는 준성에게 다짜고짜 다음 주부터 수업을 맡아야 한다고 말했다.

"자네에게 적잖은 애정을 가지고 있어. 나만 애정을 가지면 뭐하나. 자네도 학원에 애정을 가져야지. 그래서 다른 강사들하고 차별화 시켜 본 거야. 일종의 테스트지 테스트. 그래도 잘 버텨준다면 내 기대를 꺾지 않을 거라고 생각했지. 그만하면 충분해. 자그마치 200명이야. 경력도 없는 강사한테 이 정도 숫자의 애들을 맡기는 건 나로선 매우 큰 모험이야, 파격 대우라고. 그만큼 자네한테 기대가 크단 뜻이야. 학생들 특성이나 반별로 학부모 성향이 다르니까 상담실에 물어봐서 미리 체크하고."

준성은 진짜 조 원장인지 의심스러웠다.

"교재 작업은 앞으로 문 선생이랑 하게 될 거야. 오늘 내로 문 선생하고 연락해서 지금까지 작업한 파일 넘기고 빨리빨리 피드백 해주라고. 알겠어? 나도 언제까지 투자만 할 순 없잖아."

조 원장은 준성의 대답을 듣기도 전에 전화를 끊었다. 준성은 성진에게 전화를 걸었다. 전화기가 꺼져 있었다.

'형, 문자 보는 대로 연락 주세요.'

성진에게 문자를 보내고 조 원장의 말을 곱씹는 사이 전화벨이 울렸다.

"여보세요? 장 선생님, 강사 문형태입니다. 지금 좀 뵐 수 있을까요?"

성진은 수업 끝나기 무섭게 전원을 켰다. 준성이 보낸 문자가 도착해 있었다. 준성에게 전화를 걸었다. 소리샘 으로 연결된다는 안내가 이어졌다. 기분 나쁜 불안이 성 진을 서서히 옥죄었다. 인정하기 싫은 그는 다시 전화를 걸었다.

"자는 줄 알았네. 지금 좀 볼까?"

"몸이 좀 안 좋아서요."

"그래? 어디 아프니?"

"그냥 좀 피로가 누적된 것 같아요."

"내가 집 근처로 갈까?"

성진은 혹시나 준성이 나온다고 할까 싶어 뜸을 들였다. 하지만 준성 역시 뜸을 들이고 성진이 끊기만을 기다렸다.

"그래, 푹 쉬고 내일 이야기하자."

성진이 체념한 듯 먼저 전화를 끊었다.

제현이는 아무 일 없다는 듯 또다시 가해자 아
이들에게 꾸준하고 성실하게 괴롭힘을 당했다.
나는 아들의 얼굴에 대놓고 난 시퍼런 멍 자국
을 보고도 모른 체했다. 내가 해줄 수 있는 게 정
말, 정말 아무것도 없었기 때문이다. 하지만 제
현이는 엄마인 나를 향해 어떤 말도 하지 않았
다. 나는 그런 제현이를 얼마나 다행스러워하고
고마워했는지 모른다.

아주
고약한
독백

동생을 죽인 건 제현이었다. CCTV 화면 속 아이는 분명 내 아들이었다. 차에서 내리자마자 반갑게 제현의 곁으로 다가서는 동생 성완의 얼굴이 희미하게 스쳐갔다. 퍽 다정한 미소라고 생각하는 찰나 형사가 화면을 정지시켰다.

"아줌마 괜찮겠어요?"

형사는 무뚝뚝하고 메마른 목소리와 달리 걱정스러운 눈빛으로 나를 바라보았다.

공교롭게도 화면 속 아들은 19금 영화에 등장하는 주인공처럼 용맹스러워 보였다. 악당의 무리를 응징하고 사랑하는 사람의 원수를 처절하게 갚아주는, 잔인하지만 통쾌한 칼부림. 나는 어느새 제현이가 휘두르는 칼부림의 횟수를 손가락으로 세어보고 있었다. 하나, 둘, 셋, 넷, 다섯, 여섯, 일곱, 여덟, 아홉……. 거칠 것 없이 퍼붓는 칼부림은 열손가락이 모자랐다. 또다시 화면이 멈췄다. 나의 안위를 걱정한 형사의 두 번째 배려였다. 아니, 핀잔이었다.

"아줌마 아들이 지 삼촌 배를 자그마치 열일곱 번 찔렀다고요."

감각 없는 내 표정 덕분인지 형사는 아주 정확한 발음으로 이 사실을 각인시켜 주었다. 궁금증이 풀렸다. 열일곱 번. 나도 안다. 나의 하나뿐인 아들 제현이가 나의 하나뿐인 동생 성완의 배를 셀 수도 없이 찔러 죽였다는 사실 정도는. 하지만 살아날뛰는 생생한 화면을 보면서도, 둘 다 내 피붙이라는 사실을 알면서도 나는, 그러니까 나는, 이 상황에서 어떤 표정을 지어야 할지 도무지 감이 오지 않았을 뿐이다. 내 아들 제현이는 또다시 내가 감당할 수 없는 아이로 변질되어 있었다. 달라진 것이 있다면 이제는 어리고 나약한 피해자가 아니라 삼촌의 배를 사정없이 난도질할 수 있는 배포 넘치고 두려운 가해자라는 사실이었다. 내 아들 제현이는 매번 이렇게 풀 수 없는 문제를 나에게 무턱대고 쥐여 주곤 했다.

'그 애 엄마가 아니면 얼마나 좋을까.'

이번에도 어김없이 그 생각이 엄습했다. 나는 그때와 마찬가지로 상해버린 우유를 마신 것처럼 배알이 뒤틀리는가 싶더니 곧이어 토악질을 시작했다. 속을 비워낼 때마다 그 애 얼굴이 떠올랐다 사라졌다. 수진이었다.

'그 애가 필요해. 수진이라면 이 상황을 해결해줄 거야.'

나는 수진에게 전화를 걸었다. 신호는 갔지만 받지 않았다. 동생의 장례를 준비하는 동안 틈만 나면 전화를 했다. 우리는, 수진과 나는, 수진과 제현이는, 수진과 성완이는, 그러니까 우리는 한 가족이나 다름없었다. 그런 애가 제현과 성완의 일을 모른 척할 리 없다. 특히나 제현의 일이라면 분명 발 벗고 나서줄 것이다. 믿기지 않는 비극을 결코 모른 척할 리 없다. 제현에게 엄마인 나도 받아보지 못한 무한한 신뢰를 받던 수진이 아니던가. 분명 그 애라면 함께 아파하고 수습해나가려 할 것이다. 수진은 누가 뭐래도 내가 제일 잘 안다. 나는 또다시 전화를 걸었다. 수신음이 끈질기게 울리는가 싶더니 음성녹음을 하라며 안내 메시지가 나왔다. 나는 '삐' 소리가 나기 전에 탁한 목소리가 나오지 않도록 헛기침을 했다. 그러나 수진의 이름을 입 밖으로 꺼내자마자 목이 메었다.

"수진아…… 우리 제현이가…… 사고를 냈어."

내 목소리를 정확하게 듣지 못하면 연락이 오지 않을 수도 있다. 나는 마음을 진정시키고 또박또박 말을 이어 나갔다.

"제발 우리 제현이 좀 도와줘. 부탁해. 연락이 계속 안 되네. 내 목소리 확인하는 대로 제발 연락 좀 줘. 기다리고 있을게. 성완이가…… 나 무서워, 수진아. 너무 무서워."

마치 수화기 저편에서 수진이 듣고 있을 것만 같은 기분이 들었다. 계속 울음이 터져 나와 멈추지 않았다. 그 애가 금방이라도 달려와 내 손을 꼭 잡아줄 것만 같았다. 수진은 그러고도 남을 아이다. 생각이 바뀌자 안도가 찾아왔다. 하지만 동생의 발인이 끝날 때까지 수진의 연락은 없었다.

능력 있고 인맥 좋은 동생의 장례식에는 꽤 많은 사람
이 모였다. 병원 영안실을 가득 메운 검은 양복의 남자들
에겐 성완에게서 풍겼던 매끈한 여유가 흘러넘쳤다. 나
는 다시 한 번 성완의 대학교 선후배는 물론, 직장 동료
들을 보며 잘난 내 동생이란 사실에 감탄했다. 하지만 동
시에 왠지 모를 주눅도 들었다. 잠시 비극적인 사건을 잊
고 나는 동생의 마지막 길에 누가 되지 않도록 침착하게
행동하기로 맘먹었다. 동생의 하나뿐인 누나가 남편 없
이 살인자 아들을 키우는 볼품없는 여자라는 사실을 보
여주고 싶지 않았다. 자존심이 발동하자 모든 일들이 의
식처럼 느껴졌다.

"얼마나 상심이 크시겠어요. 늘 성실하고 적극적인 친
구였는데. 정말 뭐라 드릴 말씀이 없습니다. 저도 이렇게
안타까운데."

머리가 말쑥하게 벗겨진 모습이 오히려 위엄 있어 보
이는 한 남자가 대표로 나서 심심한 애도의 표현을 전했

다. 단어에 신중을 기하는 듯싶더니 마지막에는 목이 메는지 말을 잇지 못했다. 뒤에 서 있던 동생 또래의 사람들도 고개를 숙이고 나에게 조의를 표했다. 이에 조금 흥분한 나는 "방문해주셔서 감사합니다"라고 인사를 했다. 순간 '방문'이란 단어를 쓴 것을 후회했다. 그냥 감사하다고 하면 될 것을. 방문이라는 말이 내내 머릿속에서 사라지지 않고 맴돌면서 나를 망신 주었다. 나는 더욱 주눅이 들어 나중에는 어떤 인사도 건네지 못한 채 입을 다물었다.

동생의 장례를 치르는 동안에도 나는 계속 주변을 두리번거렸다. 수진이 상황을 지켜보며 어디선가 통곡하고 있을지도 모른다는 생각이 들었다. 성완의 영정사진을 보며 나보다 더 가슴 아파하고 있을지도 모른다. 내 동생을 그렇게 만든 장본인이 제현이란 사실에 망연자실하겠지만 자신에게 일어난 끔찍한 일에 대해서도 의연했던 수진이었다. 제현 역시 수진의 그런 모습 덕분에 변할 수 있었다. 그 애는 강하니까 분명 마음을 추스르고 이 사태를 어떻게 헤쳐 나가야 할지 나보다 훨씬 더 현명하게 알려줄 것이다. 하지만 동생의 발인이 끝나고 삼우제가 지나도록 수진은 보이지 않았다. 물론 전화도 오지 않았다.

"어떻게 니가 나한테 이럴 수 있어? 모르는 사람이 어려운 일을 당해도 이럴 수는 없는 거야. 하물며 가족처럼 지내던 니가 나한테 어쩜 이래? 더러운 일이라고 모른 척하는 거야? 남들처럼 외면하고 싶냐? 됐어, 다 필요 없어. 가족처럼 의지했던 내가 미친년이지."

나는 흥분한 상태로 음성 메시지를 남겼다. 다시는 연락하지 않으리라 다짐했다. 하지만 피해자의 누나인 동시에 가해자의 엄마인 나를 가엾게 봐주는 이는 아무도 없었다. 나는 그 누구든 좋으니 일말의 동정이라도 받아보고 싶었다. 그게 수진이라면 더 바랄 게 없겠지만.

아나나 다를까. 피해자의 하나뿐인 피붙이로서 동생의 시신을 거둔지 열흘 만에 나는 가해자 아들을 둔 엄마로서 경찰서에 불려갔다. 벌써 여러 번 오는데도 경찰서에 들어설 때면 무인 경보기 앞을 지날 때 같은 기분이 든다. 아무것도 훔치지 않았는데 내가 지나가면 그 경보기가 나만을 향해 울릴 것 같아 조바심을 냈다. 혹시 나도 모르게 무슨 짓을 저지른 것은 아닐까 내가 나를 의심하곤 했다.

지난번 CCTV를 보여주며 나를 걱정해주던 형사가 나에게 명함 하나를 건넸다. 형사가 준 명함 속에는 아들의 선처를 호소할 수 있는 변호사의 이름과 전화번호가 적혀 있었다. 나는 한참을 망설여도 전화를 할 수 없었다. 생전 본 적도 없는 사람이 제현이를 위해 무엇을 해줄 수 있단 말인가. 잘난 내 동생이 있었으면 단숨에 해결할 수 있었을 텐데. 아들이 잘난 동생을 죽였다는 사실이 새삼 원망스러워졌다. 감당할 수 없는 무력감이 온몸을 휩싸고 돌았다. 나는 휴대폰을 켜고 번호를 눌렀다. 수진은 정말 많이 서운했던 걸까. 내가 이렇게 전화를 많이 하는 이유가 한 번쯤은 궁금할 수도 있을 텐데. 나라면 분명 궁금할 텐데. 혹시 모든 걸 알고서 나의 전화를 피하는 걸까? 정말 그런 거라면 누구보다 독하고 나쁜 년임에 틀림없다. 내가 얼마나 힘들 줄 알면서 어떻게 그럴 수가 있지? 하지만 나는 곧 마음을 되돌렸다. 수진이는 내가 제일 잘 안다. 결국 버티지 못하고 나를 돕기 위해 불쑥 나타날 것이다. 나는 한참을 망설이다 명함에 적힌 번호로 전화를 걸었다.

"○○○ 변호사 사무실입니다."

사무적이고 단조로운 여자 목소리를 들으니 끊고 싶은 기분이 들었다.

"저, 저희 아들 일로 변, 변호사님을 만나고 싶은데요."

나는 가까스로 입을 뗐다.

"사건 내용을 간략히 말씀해주시겠어요?"

여자의 목소리가 수진과 비슷하다는 생각이 들었다. 나는 내 입으로 이 끔찍한 사건을 차근차근 설명해 나가기 시작했다.

"음, 그러니까……. 살인 사건이에요. 내 아들이 내 동생, 그러니까 지 삼촌을 죽였거든요. 동생이 근무하는 병원 주차장에서 칼로, 배를, 열, 열, 일곱 번 찔렀어요. 네, 그 자리에서 즉사했고, 아들은 현장에서, 잡혀갔어요. 지금 경찰서에 있는데 곧 검찰로 넘어갈 것 같아요. 도와주세요."

말을 내뱉고 나자 얼굴이 화끈거렸다. 심장이 거침없이 두근거렸다. 여자는 당황했는지 나의 적나라하고 거짓말 같은 이야기에 잠시 말문이 막힌 것 같았다.

"……알겠습니다. 날짜 잡아드릴게요."

동생을 죽인 아들을 변호하기 위해 용기를 내고 있는 내 모습을 누가 볼까 두렵다. 심장이 요동치며 나의 죄의식을 부추긴다. 제현이가 내 아들로 태어난 이후부터 나는 늘 수치스럽고 발가벗겨진 기분이었다. 이번에도 마찬가지가 될 것 같다.

변호사 사무실은 법원 근처에 있는 신축 건물 4층에 자리 잡고 있었다. 나는 엘리베이터를 두고 비상문으로 걸어 올라갔다. 어느새 4층이었다. 몸에서 땀이 배어 나왔다. 사무실에 들어서자 여직원 두 명이 데스크에 앉아 나를 바라보았다. 한 명은 통화 중이었고, 한 명은 립스틱을 바르는 중이었다. 전화를 받는 여자는 립스틱을 바르던 여자에게 쪽지를 건네주었다. 쪽지를 읽더니 나를 보는 그의 눈빛이 달라졌다. 나도 모르게 눈을 피했다.

"법적으로 19세 미만 미성년자가 살인을 저지른 경우에는 미성년 보호 특례로 인해서 사형이나 무기징역을 선고할 순 없습니다. 최고형이 15년이죠. 댁의 아드님이 몇 살이라고 하셨죠? 내가 해줄 수 있는 일은 형을 최대한 줄이는 거예요. 어떻게든 판사에게 선처 호소할 수 있는 근거를 마련해서 들이대야 최대한 형을 줄일 수 있습니다."

변호사가 단도직입적으로 물었다.

"삼촌과 무슨 원한 관계에 놓여 있었는지 짐작 가시는 거 없으신가요? 평소 삼촌의 협박이나 폭력이 있었다거나, 혹은 동생이 의뢰인을 괴롭혔다던가? 돈이든 뭐든 다 말해주셔야 합니다."

나는 고개를 흔들었다. 변호사는 크게 한숨을 쉬었다. 아무래도 내가 답답한 모양이다.

"심정은 알겠습니다만 적극적으로 협조해주시지 않으면 아무것도 할 수 없어요. 혹시, 댁의 아드님이 정신병력 같은 게 있나요?"

나는 잠시 생각했다. 그런 것이 있을지도 모른다, 확실치는 않지만. 이렇게 얘기하면 그렇잖아도 나를 답답해하는 변호사가 화를 낼 것만 같다. 대신 나는 아들의 지난날을 조목조목 이야기하기 시작했다.

*

제현이는 중학교에 들어가면서부터 또래로부터 상습적인 폭행을 당하는가 싶더니 성추행으로까지 이어졌다. 남학생들만 우글거리는 그곳에서 여리고 말이 없는 제현이는 좋은 먹잇감이었다. 하지만 내가 아들에게 해줄 수 있는 일이라곤 자퇴 서류를 준비하고 그곳으로부터 가장 멀리 떨어진 곳으로 도망치는 것뿐이었다. 처음 이 사건을 고발한 기간제 교사는 나의 행동에 심히 당황한 듯 보였다. 피멍이 든 아들의 몸을 보면서도 자신보다 분노하지 않는 내 모습을 어리둥절해 했다. 나는 내 아들이, 그러니까 슬프기보단 창피했다. 성추행이라니, 그것도 남자아이가. 실패로 얼룩진 삶 속에서 나는 아들의 자존심까지 보호할 수 있을 만큼 강하고 너그럽지 못했다. 가해

학생 부모들은 제 자식들의 무죄를 입증하기 위해 나에게 무섭게 달려들었다. 나는 너무 무서웠다. 상대 아이들의 죄를 조목조목 잡아내어 응징하고 아들이 받았을 상처를 조금이나마 덜어주고 싶은 용기 따위 추호도 생기지 않았다. '차라리 가해자 아이들 틈에 끼어 있었다면 훨씬 모양새가 나았을 텐데'라고 생각하며 아쉬워했다.

"십 대 남자애들 사이에서 흔히 발생하는, 흔한 건 아니지만 뭐랄까, 호기심이 왕성한 나이다 보니 저희들끼리 장난을 친다는 게 그만 지나쳤던 것 같습니다."

학교장은 조심스럽게 어린 학생들의 장난쯤으로 치부했다.

"제현이 어머니께서 혼자 아이를 키우다 보니 충격이 크셨을 테지만, 사실 제현이가 다른 아이들에 비해 예민하고 연약한 건 사실입니다. 싫으면 싫다고 거부하면 됐을 텐데 가만히 있으니까 아이들이 재미있어 하는 줄 알고 더 몰아붙인 것 같습니다."

담임은 거절 못 하는 제현이의 성격과 행동에도 문제가 있었음을 차분하게 지적했다. 나는 인정했다. 다 맞는 말이라고 인정해야 이 상황에서 벗어날 수 있었기 때문이다. 결국 저희들끼리 친 시시한 장난에 겨우 6개월짜리 기간제 교사 주제가 끼어들어 사회의 경종을 울리는 일 마냥 부풀려져 버린 꼴이 되었다. 기간제 교사는 계약 기간이 남았음에도 불구하고 스스로 알아서 학교를 그만두었다. 나는 알량한 몇 푼의 돈을 받고 아무 일도 없었다는 듯 다시 아들을 학교에 보냈다. 제현이는 아무 일 없다는 듯 또다시 가해자 아이들에게 꾸준하고 성실하게 괴롭힘을 당했다. 나는 아들의 얼굴에 대놓고 난 시퍼런 멍 자국을 보고도 모른 체했다. 내가 해줄 수 있는 게 정말, 정말 아무것도 없었기 때문이다. 하지만 제현이는 엄마인 나를 향해 어떤 말도 하지 않았다. 나는 그런 제현이를 얼마나 다행스러워하고 고마워했는지 모른다.

이 소식을 듣게 된 성완은 격분했다. 다른 누구도 아닌 세상에 단 하나뿐인 누나를 향해서. 나는 하염없이 눈물을 흘렸다. 누구를 향한 눈물인지 알 수 없었으나 눈물을 흘리는 내내 안도하고 있었다. 제현이는 성완에게 모든

걸 털어놓았다. 그 이야기는 아주 생생해서 그런지 더욱
끔찍했다.

친구들의 성기를 입으로 애무하지 않으면 무서운 주
먹이 날아왔다. 제현이는 아픔이 싫어 무릎을 꿇고 앉
아 그들의 요구에 응했다. 남녀의 성행위 장면이 담겨 있
는 동영상을 보여주면 제현이는 열심히 사정했다. 아이
들은 그 모습을 박장대소를 하며 즐겼다. 하지만 그렇게
열심히 성기를 애무하고 사정해도 아이들은 결국 제현이
를 발가벗기고 발길질을 했다. 제현이가 더럽다는 게 이
유였다. 아이들의 요구를 순순히 따라줬을 뿐인데 아들
은 결국 자신들과 격이 다른 싫증나지 않는 장난감이 되
어 있었다. 폭력이 두려워 곧이곧대로 실행한 아들에게
아이들은 더 무서운 폭력을 휘둘렀다. 아들은 이래도 맞
고 저래도 맞았다. 제현이의 이야기를 듣다가 말고 나는
눈물을 흘리는 대신 토악질을 했다. 상한 우유를 마신 것
같은 비릿한 역겨움이 계속 내 비위를 파고들었다.

성완은 우선 제현이 사건을 최초로 고발했던 기간제 교
사를 만났다. 이로써 사건은 수면 위로 다시 떠올랐다.

학교장과 제현이 담임은 조금 억울한 낯빛으로 나를 대했다. 증인이 되어준 교사의 정의로운 행동에 힘입어 가해자 아이들의 부모는 다시 학교로 불려왔다. 나 역시 피해자의 부모로서 다시 학교에 가게 되었다. 하지만 이번에는 사정이 달라졌다. 이미 중3이 되어버린 아이들은 보호처분 대상에서 어긋나 소년원을 가게 될 형편이 된 것이다. 그제야 은폐하기 바빴던 학교와 가해 학생 부모들은 우리를 향해 머리를 조아렸다. 제현이가 정신적 치료를 받을 수 있는 보상비용을 충분히 조율하고 나서야 사건을 마무리 지을 수 있었다. 그 뒤 학교생활이 불가능하다고 판단한 우리는 성완의 도움을 받아 다른 지역으로 이사를 했다.

이야기를 하다 보니 제현이가 왜, 도대체 성완을 죽였는지 짐작이 가지 않았다. 내가 생각에 잠긴 동안 변호사가 뜻밖의 제안을 했다.

"여기서 삼촌이 아드님을 위해 했던 일들은 전부 어머니가 해결한 것으로 하겠습니다. 삼촌이 조카 일에 아무

것도 안 했다는 건 이상하니까 누나가 일을 해결했고, 동생이 도운 걸로 합시다."

변호사는 내 대답을 기다리고 있었다. 나는 찜찜한 기분이 들어 망설였다. 그렇게까지 해서 동생을 죽인 아들의 죄를 줄이고픈 마음은 없었기 때문이다.

"이번에도 아들의 불행을 보고만 있을 겁니까?"

변호사는 나를 향해 호통을 치며 인상을 구겼다. 변호사의 호령에 짓눌린 나는 고개를 끄덕였다. 그는 언제 그랬냐는 듯 표정을 바꾸고 내가 준비해야 할 서류들과 아들 면회 날짜를 잡았다. 소송비용은 밖에 있는 여직원에게 안내 받으라며 친절히 일러주었다. 나는 가도 되냐고 물었다. 변호사는 대답 대신 얼른 가라는 듯 손짓을 했다. 상담이 끝난 뒤, 여직원에게 변호사 비용에 대한 설명을 들었다. 승소할 경우에도 패소할 경우에도 비용이 똑같다는 것이 약간 이상하게 느껴졌다.

"저희가 재판을 위해 준비하는 기간과 노고는 모두 동일하기 때문에 승소나 패소와는 관계없이 변호사를 의뢰하는 비용은 똑같습니다. 계약하시겠어요?"

성완이는 다달이 생활비를 부쳐줄 테니 제현이가 받은 보상금은 고스란히 은행에 넣어두라고 했다. 훗날 제현이의 대학 등록금으로 쓰라면서. 이제 그 돈은 삼촌을 죽인 아들을 구하기 위해, 이길지 질지도 모를 이 싸움을 하기 위해 쓰일 것이다. 내 동생이 곁에 있다면 분명 현명한 결정을 내릴 텐데. 비용이 어디에 쓰이는지 조목조목 따져 물었을 텐데. 그것도 아니면 자신이 알고 있는 변호사를 소개해 줄지도 모르는데. 성완이가 없으니 불편한 게 한두 가지가 아니었다.

"계약하시겠어요?"

여직원의 말투에 짜증이 배어있었다. 나는 눈치를 보며 수진에게 전화를 걸었다. 상의할 사람이 필요했다. 혹시나 했지만 역시 받지 않았다.

*

소년원 입구에 도착해 변호사를 기다렸다. 자신의 고급 세단에서 내린 변호사는 사무실에서보다 훨씬 멀끔해

보였다. 동생 장례식 때 봤던 매끈하고 여유롭던 무리 중
한 사람 같았다. 나는 그 모습에 잠시 주눅이 들었다가
나를 도와줄 사람이라는 생각이 들자 왠지 모를 힘이 생
겨났다. 성완이를 보는 것처럼 든든했다.

　난생처음 가보는 소년원은 몹시 침침했다. 우리 아들
제현이가 이런 곳에 있다고 생각하니 얼마나 무서울까
하는 생각이 들었다. 변호사는 익숙하게 나를 안내했고,
교도소 사람들과 친숙하게 이야기를 주고받았다. 제현이
의 이름을 제출하고 면회를 기다렸다. 이윽고 살인죄로
푸른 죄수복을 입고 있는 수척해진 아들의 모습이 눈에
들어왔다. 왈칵 눈물이 쏟아졌다. 하지만 제현이는 나를
쳐다보지 않았다. 늘 초점 없이 텅 빈 눈은 어딘가를 응
시하고 있었다. 계속 훌쩍거리기만 하는 나를 대신해 변
호사가 먼저 입을 뗐다.
　"제현 군, 어머님이 많이 걱정하고 계셔. 나는 제현 군
을 돕기 위해 온 사람이야. 어머님이 도움을 요청하셨어."
　제현이가 슬쩍 고개를 돌려 변호사를 보았다. 변호사

는 이때를 놓칠세라 얼른 말을 이었다.

"어머니가 왜 이런 비극적인 일이 일어났는지 답답해
하고 계셔. 제현 군이 어머니를 위해서라도 진실을 이야
기해줘야 해. 혹시 어머니 모르게 삼촌과 무슨 안 좋은
일이 있었는지 솔직하게 말해줘. 그래야 도울 수 있어."

제현이가 이번엔 나를 보았다. 변호사는 내가 답답했
는지 얼른 어떤 질문이라도 하라는 듯 내 팔을 쿡쿡 찔
렀다.

"왜 죽였니? 왜 죽였어? 니 삼촌이 뭘 잘못했다고!"

흥분하는 내 모습이 아무 도움도 되지 않는다고 생각
했는지 변호사는 얼른 질문을 바꿨다. 제현이는 가해자
아이들과 마주했을 때처럼 철저히 입을 다물었다. 하지
만, 변호사도 이에 지지 않고 아주 집요하고 끈질기게 물
고 늘어지며 제현이를 설득해 나갔다.

"제현 군, 왜 삼촌을 죽인 건지 말해줄 수 있어? 삼촌
이 제현 군을 협박한 거야? 아니면 삼촌이 엄마를 괴롭혔
어? 아니면 사건 당시 삼촌으로부터 무슨 폭행이 있었던
거야? 솔직하게 말해줘야 내가 제현 군을 도울 수 있어."

변호사는 뭔가 하나라도 걸릴 수 있을 거란 심정으로 범죄가 일어날 수 있는 모든 정황들을 가져왔다. 아들은 그 어느 것에도 반응을 보이지 않았다. 변호사도 지쳤는지 말을 아꼈다.

한참 만에 제현이는 뜬금없이 삼촌의 안부를 물었다.

"삼촌은 어떻게 됐어요?"

나와 마찬가지로 변호사 역시 어리둥절한 표정을 지었다.

"니가 삼촌을 죽여서 여기에 잡혀 온 거야. 니가 칼로 찔렀잖아! 기억 안 나?"

제현이는 눈물을 보이는가 싶더니 훌쩍훌쩍 울기 시작했다. 나는 아들의 우는 모습을 어이없이 바라보았다. 제현이는 나약했던 예전 모습 그대로 훌쩍이고 있었다. 삼촌을 죽인 죄책감에 대한 눈물이라고 해석한 변호사가 제현이를 다독이며 말했다.

"그래, 사람은 누구나 실수할 수 있어. 뉘우치고 똑같은 실수를 저지르지 않으면 되는 거야."

제현이는 뭔가 속삭였다.

"뭐라고? 다시 말해봐."

변호사가 제현이에게 바싹 다가가 귀를 곤두세우고 그의 울음 속에 섞인 말을 들었다.

"누구? 샘? 샘이 누군데?"

나는 고개를 들어 제현이를 바라봤다. 변호사는 나와 제현이를 번갈아 쳐다봤다. 제현이는 울면서 계속 뭔가를 중얼거렸다. 변호사는 계속해서 제현이의 중얼거림에 귀를 기울였다.

"엄마가, 삼촌이, 샘을, 우리 샘을, 죽였어요? 샘? 샘이 누굽니까?"

변호사는 나를 추궁하듯 물었다.

*

제현이는 수진을 그렇게 불렀다, 샘. 요즘 아이들이 선생님을 부르는 방식이었다. 그러니까 수진은 제현이의 '샘'이었다. 도망치듯 이사 간 그곳에서 맑은 눈을 가진 예쁘장한 얼굴의 수진을 만났다. 나는 잘 알지도 못하는 이웃들과 교류하고 산다는 것이 달갑지 않았다. 왜 혼자 아이를 키우는지, 제현이는 왜 학교를 다니지 않는지, 왜 이곳까지 오게 됐는지 알 필요가 없는 사람들에게까지 일일이 설명하고 싶지 않았다.

수진은 근교에서 개척교회를 운영하는 목사의 딸이었다. 전도사 역할을 자처하며 주변 사람들에게 좋은 말씀을 전하고 다니는, 흔히 전도를 목적으로 사람들에게 접근하는, 친절이 몸에 밴 여자. 교회로 나오게 하려는 자신의 목적을 절대 드러내지 않은 채 수진은 매번 우리 집에 들렀다. 나는 그런 수진이 거슬렸다. 내 집 주변을 맴돌며 우리 집 사정을 캐내려는 것 같아 거북스러웠다. 하지만 제현이는 달랐다. 굉장히 친근하게 그를 대했다. 처음 있는 일이었다.

어느 날, 시장에 다녀왔더니 제현이와 수진이 우리 집 식탁에 마주 앉아 밥을 먹고 있었다. 그는 내가 만들어 놓은 연근조림이 예술이라며 너스레를 떨었다. 무엇보다 그와 밥을 먹는 모습이 무척이나 자연스러운 제현이를 보고 나는 말문이 막혔다. 어미인 나에게도 경계를 풀지 않고 모든 이들을 향해 이물감을 느끼던 제현이의 뜻밖의 행동에 어처구니없었다. 동시에 불안감이 몰려왔다. 그 아이의 마음을 열게 된 수진은 도대체 누구인가? 나는 인턴 생활로 바쁜 나날을 보내는 성완에게 전화를 걸어 이 사실을 알렸다.

"나도 한번 보고 싶네."

동생은 웃었다. 그 웃음소리를 들으니 내가 괜한 염려를 하고 있었다는 듯 모든 경계가 스르르 허물어졌다. 성완이는 자신이 제현이와 이야기해보고 수진이 어떤 사람인지 알아보겠다고 했다. 안심하고 전화를 끊었다.

성완은 몇 달이 지나도록 우리를 찾아오지 못했다. 그 사이 수진은 매일 오다시피 우리 집에 들러 제현이의 공부를 봐주는가 하면 제현이와 끊임없이 대화를 나눴다. 굳게 닫힌 방 안에서 제현이의 웃음소리가 새어 나왔다. 몇 년 만에 들어보는 웃음소리였다. 그리고 보니 어느샌가 우울했던 집 안 구석구석에 알 수 없는 화색이 돌고 있었다. 낯설었지만 싫지 않았다.

　제현이는 수진이 다녀가고 나면 어김없이 나에게 말을 걸었다. 침묵이 가장 익숙했던 우리 사이에 대화가 끼어들자 나는 어색해서 몸 둘 바를 몰랐다. 하지만 제현이는 어색한 가운데서도 대화를 멈추지 않고 계속 시도했다. 아마 수진이 일러준 대로 실천하려는 것 같았다. 제현이가 물으면 내가 대답하거나 제현이가 혼잣말처럼 이야기하면 나는 그의 이야기에 귀 기울이고 고개를 끄덕였다. 내용은 늘 수진이 들려준 이야기 중 일부였다.

　"샘도 나랑 비슷한 경험이 있대요."

　그때 제현이가 수진을 샘이라고 부른다는 사실을 알았다. 나는 제현이를 바라보며 무슨 경험인지 물었다. 대답 대신 수진에 대한 소감이 돌아왔다.

　"그래서 그런지 저랑 잘 통해요."

　스멀스멀 달라진 집 안 공기가 좋은 건지 나쁜 건지 잘 분간이 안 갔다.

　몇 달 만에 성완이 방문한다는 소식에 나는 서둘러 장

을 보러 나갔다. 제현이는 나에게 수진을 초대해도 되느냐고 물었다. 나는 괜찮다고 했다. 과연 우리와 친해져도 될 만한 사람인지 동생의 확인이 필요했던 찰나였기에 잘됐다 싶었다. 그날 저녁, 우리는 마당에 돗자리를 깔고 앉아 삼겹살을 구웠다. 나, 아들 제현이, 동생 성완이, 그리고 수진. 우리는 마치 한 가족처럼 보였다. 수진의 친화력은 믿을 수 없을 만큼 뛰어났다. 우리는 각자 자신의 견해를 이야기하고, 끊임없이 대화를 시도하고 있었다. 웃음을 유발하는 농담이나 유행어도 간간이 터져 나왔다. 살아가는 동안 이토록 유쾌한 시간은 처음이었다. 이러한 여유와 너그러운 풍경이 우리 가족에게도 찾아오다니. 행복이란 말이 슬며시 떠올랐다 사라졌다. 나는 오랜만에 소리를 내어 웃고 있었다.

우리 가족은 수진의 아버지가 운영한다는 교회에 나가게 되었다. 성완이는 특별한 일이 없으면 아무리 바빠도 우리와 함께 교회에 가기 위해 먼 길을 달려왔다. 정말 작고 초라한 개척교회였지만 그 안에 모인 사람들은 모여 있다는 사실만으로 행복해 보였다. 사람들 속에 섞여있는 수진은 늘 빛났다. 나는 그런 수진을 보며 이곳에 있기엔 너무 아깝다는 생각이 들곤 했다. 수진이 내 여동생이었으면 얼마나 든든할까 생각했다. 성완이와는 또 다른 살가움을 가지고 있었고, 늘 내 옆에서 좋은 동생이자 친구가 될 것 같았다. 성완과 수진이 대화하는 모습을 볼 때마다 나는 텔레비전에 나오는 사이좋은 오누이의 모습을 떠올렸다.

또한, 수진은 제현이의 구세주였다. 제현이라는 알 수 없는 아이를 다루는 법을 아주 명쾌하게 알고 있었다. 막막한 삶 속에서 그는 나에게 길을 알려주었다. 그의 말대로 제현과 마주 앉아 이야기하다 보니 결국은 소통할 수 있었다. 제현이는 점점 또래 남자아이들이 해야 하는 고민들을 하기 시작했고, 누구에게 의지하지 않고 강인해지기 위해 몸과 마음을 다잡아 나갔다. 아들의 변화는 길고 지루했다. 하지만 수진은 노력했다. 부모인 나보다 더 열심히 나의 아들을 위해 있는 힘껏 기다려주었다. 결국 제현이는 다시 학교를 다녀보기로 결심을 굳히게 되었다.

어긋나기 위해 태어난 줄만 알았던 나의 삶이 하나씩 하나씩 제자리를 맞춰나가는 기분이었다. 실로 경이로웠다.

"샘도 학교 선배들에게 성폭행 당한 적이 있대요."

뜬금없는 제현이의 고백은 떠올리고 싶지 않던 그 사건이 이젠 시시해졌다는 말처럼 들렸다. 상처가 아물어가고 있다는 신호였다. 수진과 제현이가 급속도로 가까워질 수 있었던 이유가 이거였구나. 자신의 치부를 공유할 수 있는 상대를 만난 것. 그들 서로에겐 행운이었을지 모른다. 나는 도저히 수치스러워 공감 따위 하고 싶지 않던 일을, 그래서 내 앞에선 결코 두 번 다시 꺼내지 않았던 그 사건을, 수진과는 농담처럼 뱉어내고 버릴 수 있었던 것이다. 하지만 그 이야기를 듣는 순간, 웬일인지 내 마음에서 수진은 제현이와 같은 부류의 사람으로 구분되어 버리고 말았다. 그 구분은 더 이상 수진을 빛나거나 아름답게 보이도록 만들지 않았다. 어둠을 직시하지 않을 뿐, 언제라도 어두워질 수 있는, 제현이처럼 수치스러워질 수 있는 하염없이 나약한 존재일 뿐이었다. 나도 왜 그랬는지 모르지만 그냥 그런 기분이 들었고, 수진을 멀리하고 싶어졌다.

교회 사람들에게 그의 상처를 묻자, 사람들은 그 끔찍한 사건을 상기하며 수진을 향해 온갖 위로의 말들을 쏟아냈다. 수진은 그 사건으로 인해 여자로서 기능을 상실했다고 했다. 사람들은 신이 완벽한 수진을 질투한 나머지 그러한 시련을 주었다고 입을 모았다. 그러나 나의 달라진 시선은 그대로 고정되어 수진을 바라보게 했다. 입에 담을 수도 없을 만큼 수치스러운 상처라면 내 아들 제현이 하나만으로 충분했다. 더 이상 수진이 내 동생이거나 우리 가족의 일부였으면 하는 바람을 확실히 접게 만들어주어야 했다. 어서 동생 성완이에게 알려야겠다고 생각했다.

두 사람의 낌새가 이상하다고 느낀 건 그들이 교제를 시작한 지 1년이나 지난 뒤였다. 두 사람은 내가 '행복'이란 단어를 입에 담고 싶었던 그날, 이미 첫눈에 반해버렸다. 수줍게 그와의 교제 사실을 알리는 성완의 모습을 보며, 모든 걸 다 알고 있다는 듯 옆에서 낄낄거리는 제현이의 모습을 보며, 나는 분노했다. 나는 누나로서 멀쩡한 내 동생에게 드리운 어둠의 그림자를 그냥 지켜보고만 있을 수는 없었다. 다행히도 성완은 수진의 상처를 듣고 적잖이 놀라는 눈치였다. 수진 역시 차마 동생에게는 자신의 과거까지는 꺼내놓지 못한 모양이었다. 성완은 무척 고민하는 눈치였다. 나는 끊임없이 동생을 부추겼고, 성완은 무슨 결심이 섰는지 수진과의 만남을 의도적으로 피하기 시작했다. 우리는 핑계를 대고 더 이상 교회에 나가지 않았다.

어느 날, 이상한 낌새를 눈치 챘는지 수진이 나를 찾아왔다. 나는 하나뿐인 동생을 얼마나 아끼고 있으며, 동생이 나에게 있어 어떤 존재인지, 동생이 얼마만큼 외롭게 자랐는지, 동생만큼은 얼마나 행복해야 하는지, 구석구석 빠짐없이 말해주었다. 나의 이야기를 묵묵히 듣고 있던 수진은 끝까지 웃으며 이야기했다.

"언니라면……. 성완 씨라면……. 꼭 이해해 줄 거라고 생각했어요."

수진은 끝까지 건강한 웃음을 잃지 않았다. 그리고 더 이상 우리 주변에 얼쩡거리지 않았다. 교회를 나가지 않는 이상 우리는 수진의 소식을 들을 수도, 들을 필요도 없었다. 제현이는 샘이 오지 않는 이유를, 우리가 교회에 나가지 않는 이유를, 끊임없이 묻고 또 물었다. 나는 처음엔 침묵하거나 어른들의 일이라서 몰라도 된다고 얼버무렸다. 참다못한 제현은 결국 자신 혼자 교회에 나가겠노라 선언했다. 결국 나는 굉장히 화를 내며 "주제를 모르고 설쳤기 때문"이라고 소리를 질렀다.

아들이 얼마나 수진을 의지하고 있었는지 나는 모른다. 그래봐야 피붙이인 엄마나 삼촌보다 남이 더 소중하랴 싶었다. 지금 와서 생각해보면 수진에게 오히려 내가 뒤틀려 있었는지도 모른다. 내 소중한 동생과 아들의 사랑을 독차지해 버릴까 봐 강한 질투를 느낀 것인지도 모른다. 더 이상 제현에게도 수진이 필요치 않다고 장담했다. 나도 이제 제현이를 키우는데 얼마 정도 자신감이 붙었다고 오만한 생각을 했다. 제법 남자 티가 나는 애가 젊은 여선생과 붙어 다니는 것도 보기 싫었다.

이유를 알게 된 제현이는 더 이상 아무것도 묻지 않고 순순히 나를 따랐다. 결국 나는 가족처럼 여기던 수진을 우리 가족으로부터 본격적으로 떼어놓는데 성공했다. 대성공이었다.

*

나는 면회실을 뛰쳐나와 수진에게 전화를 걸었다. 아예 결번이었다. 빈 전화기에 대고 나는 소리를 질렀다.

"순진한 애를 이 지경으로 만들어놓고 피하면 그만이야? 범인으로 처넣어 버리고 말거야! 우리 가족을 송두리째 무너뜨린 널 찾아내서 내 동생의 죽음을 응징하고 말거야! 어디서 감히 니가 우리 아들을 사주해서 내 동생을 죽게 만들어! 찢어 죽여도 시원찮을 년!"

아들은 삼촌을 잔인하게 찔러 죽인 조카로 뒤늦게 대서특필 되었다. 각종 매스컴에서는 아들 제현이의 불우

한 어린 시절에 대해 떠들었다. 미혼모의 아이로 태어난 것도 모자라 신경쇠약을 앓고 있는 엄마와 중학교 시절 또래들로부터 집단 성추행을 당한 사실까지. 제현이의 과거는 꼬리표처럼 따라붙어 그의 유명세를 더욱 부추겼다. 결손가정에서 어린 시절을 보낸 아이는 결국 제대로 성장하지 못하고 무시무시한 괴물이 되어 사회 혼란을 가중시키고 있었다. 전문가들은 제현이를 두고 사회악으로 규정할지, 인격체로 봐줘야 할지를 두고 갑론을박을 펼쳤다. 결국 제현이는 변호사의 말대로 사형과 무기징역을 피할 수 있었지만, 반성의 기미를 보이지 않는다는 명목으로 법정 최고형을 선고받았다.

*

나는 수진이 안치되어 있는 납골당에 갔다. 누구도 반해버릴 미소를 하고 있는 수진의 사진을 보며 그가 스스로 목숨을 끊었다는 사실을 인정할 수 없었다. 마치 제현이가 자신의 삼촌인 성완을 죽였다는 사실을 인정하지 않는 것처럼. 아들과 나는 서로에게 있어 가장 소중한 사람을, 가장 필요한 사람을 죽여버렸다. 다 사라지고 우리 둘만 남았다. 만약 내가 수진에게 그토록 잔인한 말들을 늘어놓지 않았다면, 내가 믿고 의지할 사람이 하나 더 늘어났을지도 모른다. 정말 '완벽한 행복'이 채워질 수 있었을지 모른다. 아들이 흥분한 나머지 샘을 버린 삼촌을 향해 앞뒤도 재지 않고 칼부림을 하지 않았을지도 모른다.

나는 다시 과거로, 과거로 거슬러 올라갔다. 만약 우리가 그 동네로 이사를 가지 않았다면 수진은 자신의 아픔을 극복하고 행복하게 살아남았을까? 만약 수진이 우리 제현이를 찾아오지 않았다면 제현이는 성완이를 미워하지 않았을까? 만약 성완과 수진이 서로 마음을 나누지 않았으면 그들은 계속 행복했을까? 만약 제현이에게 애초 그런 끔찍한 일이 일어나지 않았다면 우리의 현재는 달라졌을까? 왜 제현이는 나의 아들로 태어났을까? 그럼 나는 왜 태어났을까? 가슴속에서 답을 찾을 수 없는 질문들이 쏟아져 나왔다. 가슴이 미어터지도록 아파 왔다.

나는 이제서야 토악질 대신 뜨거운 눈물을 흘리기 시작했다. 하지만 아무리 울어도 바뀌지 않는 현실만 나의 주변을 계속해서 맴돌 뿐이었다.

대화라는 게 그렇잖아요. 내가 하나를 주면 상대방도 하나를 줘야 공평해지고 그래야 이야기할 맛이 나는데 두 개를 줘도 상대방이 웃음으로 때우거나 긍정도 부정도 아닌 알 수 없는 표정만 짓고 있으면 이야기할 맛이 뚝 떨어지잖아요. 안 그래요? 네, 지원이가 딱 그랬어요.

그를
죽인
목격자들

우리는 진짜로 군더더기 하나 없는 적절한 사이였어요. 아니요, 적당한 사이가 아니라 적절한 사이요. 당연히 다르죠. 적당하다고 하면 왠지 계산적으로 보이잖아요. 적절하다는 건 뭐랄까, 서로에게 해를 끼치지 않는 범위 내에서 좋은 관계를 유지한다고나 할까. 해를 끼친다는 말이 좀 이상하게 들리긴 하는데 오해하지 마세요. 속속들이 구질구질한 면까지 보여줄 필요가 없는 사이라는 뜻이니까. 저랑 지원이는 진짜 그런 사이였어요.

제가 지원이 안부를 궁금해 할 때쯤 되면 신기하게도 그 애한테 먼저 연락이 오곤 했어요. 뭐, 궁금하던 차에 연락이 오니까 당연히 반갑게 만났겠죠. 겨우 일 년에 한

번, 많아봐야 두 번이었지만요. 어색할 법도 한데 지원이
랑 저는 막상 만나면 어제 만난 사람처럼 자연스럽게 어
울렸어요. 주로 제가 이야기를 하는 편이었고, 지원이는
들어주는 쪽이었어요. 제가 말이 좀 많긴 해요.

저는 용건 없이는 먼저 연락을 안 해요. 뭐, 다들 그렇
지 않나요? 먹고사는 게 바쁘잖아요? 가족보다 더 자주
보던 애들도 이제는 남의 경조사나 가야 만날 수 있다니
까요. 회사 사람 중에도 개인적으로 연락하는 사람은 없
어요. 아니, 다들 그렇지 않나요? 맨날 얼굴 보는 것도
지겨운데 따로 연락까지 해요? 만나는 횟수랑 친한 정도
는 비례하지 않는다고 생각해요. 지원이요? 지원이가 좀
특이한 동생이긴 했어요. 특별한 일 없이도 늘 먼저 만나
자고 했으니까요. 따로 시간을 내서 만나긴 했지만 지원
이를 각별하게 생각해 본 적은 없는 것 같아요. 아마 지
원이도 그러지 않았을까요? 아, 문자요? 너무 보고 싶어
요, 하도 연락이 없어서 서운했어요, 얼굴 까먹으면 어쩌
려고 연락이 뜸해요. 대충 이런 식이었는데 좀 오글거렸

죠. 하지만 저도 장단 맞춰서 친한 척 답문 보내곤 했어
요. 사람은 다 상대적이잖아요.

아까도 말씀드렸다시피 저는 체질상 사람들한테 용건
없이 먼저 만나자고 안 해요. 요즘처럼 SNS만 들어가면
그 사람이 뭐하고 사는지 다 아는데 특별히 궁금하지도
않고요. 오히려 속속들이 너무 잘 알아서 걱정이라니까
요. 별일도 없다면서 자꾸 만나자는 사람들 보면 무슨 속
셈이 있을 거라고 의심하게 돼요. 결국 갖은 핑계를 대서
라도 피하게 되더라고요. 어쩌다 만나면 굉장히 반가운
척 연락처 물어보면서 '언제 밥 한번 먹자'라고 인사하잖
아요. 연락도 안 할 거면서 왜들 그렇게 연락처는 물어보
는지. SNS에서 누가 그러더라고요. 그놈의 밥은 이미 썩
어 문드러졌다고.

결혼한 애들 만날 때는 어떤지 아세요? 자리에 앉자마
자 집 걱정부터 해요. 그토록 남편을 못미더워 하면서도
육아 안 도와준다고 늘 툴툴거려요. 스트레스 풀러 나온

건 이해하겠는데 어쩜 지들 이야기만 하는지. 정말 듣다 보면 결혼하기 싫어진다니까요. 맞벌이하는 애들은 임신 해도 걱정, 안 해도 걱정이고. 제 청첩장 나눠주려고 모인 자리였는데 축하는커녕 넋두리만 하다 갔어요. 서른 살 넘으니까 서로 안부 인사 챙기는 것도 애정이 있어야 가능하더라고요.

  그런 면에서 지원이가 달랐던 건 사실이에요. 어떻게 지내냐 먼저 안부도 물어주고, 잊지 않고 생일 때마다 선물도 보내주고, 좋은 공연 있으면 함께 보러 가자고 하고. 저야 늘 고마운 동생이었죠. 결혼에 대한 이야기를 하면 공감되는 부분도 굉장히 많았어요. 지원이는 진심을 다해 사람을 대하는 게 참 어렵다고 하면서 좋은 사람을 만나고 싶다고 했어요. 그럴 때마다 저는 '너처럼 스펙 좋고 예쁜 애가 무슨 걱정이냐'고 했죠. 당연히 자기한테 맞는 남자를 만나려고 고르려는 게 눈에 보였어요. 하긴 여자인 제가 봐도 나무랄 데가 없으니까요. 굳이 흠을 찾자면 너무 착한 거? 이런 것도 흠인가.

대학 때 알바하면서 만났어요. 패밀리 레스토랑이요. 뷔페식으로 생긴데 있잖아요. 미라 소개로 일하게 됐는데 우리 셋 말고도 남자애들 두 명이 더 있었어요. 미라랑 지원이는 같은 학교 동기였어요. 미라가 재수를 해서 지원이가 저희보다 한 살 어려요. 미라는 저랑 고등학교 동창이에요. 미라가 저만 만나면 마르고 닳도록 지원이 이야기를 해서 만나기도 전에 이미 선입견이 생겼어요. 학교에서 지원이를 모르는 남자는 간첩이라나. 졸업한 선배들까지도 지원이를 다 알고 있다고 했어요. 그러면서 선배들이 여자들은 알 수 없는, 남자들한테만 보이는 지원이만의 매력이 있다고 했다나 뭐라나.

처음 봤을 때 화장기도 거의 없이 너무 털털해서 미라가 말한 지원이가 아닌 줄 알았어요. 제가 미라한테 너희 학교 남자애들은 눈을 발바닥에 붙이고 다니는 거 아니냐고 막 놀렸다니까요. 미라는 자기도 미스터리 중 하나라면서 왜 인기폭발인지 모르겠다고 했어요. 남자들은 역시 만만한 여자한테 꽂히는 법이라면서 우리끼리 씹고 그랬어요. 근데 신기하게도 알바할 때 지원이 개인 연락처를 물어보는 손님들이 진짜 많았어요. 친구들 데리고 몇 번씩 오는 남자들도 있었고요.

어느 날, 사장님이 우리를 부르더니 가게 매출이 두 배로 올랐다고 하더라고요. 지원이 덕분이라는 거예요. 너무 어이가 없었어요. 똑같이 일하는데 무슨 근거로 그렇게 말하는지. 정확히는 모르지만 우리는 사장이 지원이한테 호감이 있다고 생각했어요. 매니저 오빠가 사장입네 하면서 순수한 척 여직원들 가지고 논다고 조심하라고 했었거든요. 특히 지원이를 보면서요. 그 이후로 저랑 미라는 사장만 오면 지원이를 막 에워싸면서 어떻게 할까 봐 보호하고 그랬어요. 지금 생각해보면 웃겨요. 같은 여자인데 누구는 보호를 받아야 하고 누구는 보호를 해야 하다니. 그만둘 때 지원이한테만 정식 직원으로 채용해 주겠다고 했는데 거절했다고 하더라고요.

알바 그만두고 나서도 같이 일했던 애들끼리 단체 톡

을 했었는데 미라랑 지원이가 싸우는 바람에 지원이가 나가버렸어요. 그 이후부터 저만 따로 연락했고요. 미라랑 싸운 거지 저랑 싸운 건 아니니까 굳이 연락을 피할 이유가 없죠. 물론 제가 먼저 연락한 적은 없었지만요. 뭐 때문에 싸웠더라……. 아마 학교에서 무슨 일이 있었던 것 같은데 저도 자세히는 몰라요. 암튼 지원이가 그렇게까지 화내는 모습 처음 봤어요. 톡방에 있던 애들이 전부 놀랐다니까요. 미라도 잘 몰라서 그런 건데 뭘 그렇게까지 화를 내냐면서 민망해했어요.

당시에는 연락만 하고 만나지는 않았어요. 제가 미라 친구라서 그런지 만나기까지 하는 건 눈치가 좀 보이더라고요. 그래서 지원이가 얼굴 보자고 할 때마다 얼버무렸어요. 이번에는 청첩장도 줘야 하니까 겸사겸사 같이 만나버리려고 했는데 미라가 딱 잘라 싫다고 했어요. 어색하다면서. 그래서 어쩔 수 없이 지원이만 따로 만나게 됐어요.

지원이는 어떻게 된 거예요? 어쩐지 이번엔 뭔가 좀

달라 보이긴 했어요. 제가 먼저 만나자고 연락한 건 처음이니까요. 지원이뿐 아니라 연락하는 사람들이 전부 놀라는 눈치였어요. 대부분 먼저 눈치채고 시집가느냐고 묻긴 했지만요. 매번 얻어먹기만 해서 이번엔 제가 먼저 연락해서 밥 사줬어요.

부케요? 아니요. 눈에 띄는 걸 너무 싫어한댔어요. 굉장히 정색을 하면서 거절하기에 부탁한 입장에서 되게 민망했어요. 부케 받을 사람이 없어서 부탁 좀 하려고 일부러 지원이 회사 근처로 약속 잡고, 맛집까지 예약했는데. 이렇게 까일 줄은 상상도 못했거든요. 눈에 띄는 걸 싫어하면서 사회생활은 어떻게 하는지 원. 밥 먹다 말고 분위기 완전 싸해졌어요. 딴 사람도 아니고 내가 부탁하는 건데 어쩜 그럴 수가 있는지. 밥 먹는 내내 너무 불쾌해서 집에 갈 생각만 하고 있었다니까요. 식사 마치자마자 일어나려는데 뜬금없이 술 마시러 가자고 하는 거예요. 사실 안 가려고 했어요. 단둘이서 술을 마셔본 적이 없어서.

네, 저는 안 마셔요. 어릴 때 아빠가 알코올중독자여서 술이라면 지긋지긋하거든요. 정작 마시고 취하면 분위기 뻔해지잖아요. 네? 같이 가자고 해서 간 것뿐이에요. 미안해하는 것 같아서. 뭐라고요? 부케는 안 받기로 했다니까요. 그렇게 싫다는 애를 모셔다가 부케 받으라고 하고 싶지 않았어요. 아, 물론 마음이 바뀔 수도 있다는 생각은 했죠. 치사하게 설득할 마음은 없었다고요. 설마 부케 받을 사람이 없어서 결혼 못 하겠어요.

알바 할 땐 거의 매일 마시다시피 했어요. 다들 돈이 없어서 더 마시고 싶어도 못 마셨어요. 밤중까지 몰려다니는 재미였죠. 지원이가 데려간 가게는 허름한 건물 지하에 있는 와인 바였어요. 막상 들어가니까 분위기가 너무 고급스러운 거예요. 그래서 기분이 좀 누그러졌어요. 금방 취기가 오르는지 지원이 표정이 금세 어두워지더라고요. 그때 처음 알았어요. 지원이가 술을 못 마신다는걸.

다짜고짜 저한테 "언니, 미안해요. 제가 요즘 너무 힘들어서 그래요"라고 하더라고요. 저는 괜찮다고 말하고 더 취하기 전에 그만 가자고 했어요. 그런데 지원이가 계속 우울한 얼굴을 하고 중얼거리더라고요. 요즈음 계속 살아온 인생을 열심히 돌아보는 중인데 아무리 돌아봐도 그렇게까지 잘못한 게 없는 것 같다고. 그런데 사람들이 자기를 제멋대로 평가하고 미워한다고. 사람들이 너무 무섭다고. 아무리 진심을 말해도 못 알아듣는대요. 너무 괴로워하는데 구체적인 내용을 모르니까 선뜻 위로하기가 애매하더라고요.

지원이는 부모님이 가르쳐 주신 대로 상대방의 입장에서 생각하려고 노력하며 살았는데 그렇게 살아온 자신이 이제는 너무 혐오스럽다면서 우는 거예요. 이런 얘기를 털어놓을 만큼 친한 사이가 아닐뿐더러 어차피 들어봐야 제가 해결해 줄 수도 없는 문제잖아요. 대충 제 입장에서 최대한 이야기를 했죠. "네가 착해빠져서 그래. 남들이 부탁할 때 다 들어주다 보면 처음엔 고마워하다가도 나중엔 당연한 줄 안다니까. 착한 게 결코 좋은 건 아니야. 적당히 자신을 챙기면서 살아야지. 사람들은 다 배려하

는 척해도 자기 밖에 몰라. 아마 너한테 상처 주고 있는
줄도 모를걸."

내 얘기를 듣더니 갑자기 지원이가 너무 크게 웃는 거
예요. 저 뿐만 아니라 다른 테이블에 있던 사람들도 깜
짝 놀라서 쳐다봤죠. 나중에는 웃는 건지 우는 건지. 하
여간 어두운 조명 아래서 보니까 섬뜩했어요. 그러더니
저한테 대뜸 '언니도 다 잘 알고 있네요'라고 하는 거예
요. 너무 어이가 없었어요. '너 지금 나랑 장난하는 거냐'
고 하면서 막 화를 냈어요. 그랬더니 언니가 먼저 만나
자고 해서 너무 좋았는데 분위기 망쳐서 미안하다고 사
과하더라고요. 네, 화가 안 풀려서 혼자 놔두고 그냥 나
와 버렸어요.

집도 모르는데 어떻게 바래다줘요. 그리고 많이 취해
보이지도 않았어요. 아니, 저한테 왜 그러세요? 전 지원
이가 어디 사는지도 몰라요. 걔가 저 때문에 죽기라고 했
다는 거예요? 고작 일 년에 한 번 만날까 말까 한 사이에

무슨 영향을 끼쳐요. 저하고는 아무 상관도 없다고요.

*

죽, 죽어요? 누가요? 진짜요? 지, 지원이 맞아요? 그렇다고 회사까지 찾아오면 어떡하자는 겁니까? 누가 보면 내가 살인이라도 저지른 줄 알겠어요. 자살이라면서요? 저야말로 결혼 2년 차에 25개월짜리 애가 있는 유부남이라고요. 이런 빌어먹을! 지금 나 협박하는 겁니까? 무슨 말이 하고 싶은 거예요? 회사 사람들이 이상하게 생각하니까 얼른 나가세요, 우연히 몇 년 만에 만난 후배한테 술 한 잔 사준 것도 죄가 됩니까? 나가세요, 더 이상 할 말 없단 말입니다.

거긴 원래 제 거래처가 아니에요. 박 부장이 종종 저한테 심부름을 시켜서 가게 되는 곳이에요. 사실 갈 때마다 지원이를 봤어요. 만난 건 아니고 차 타고 지나가면서 봤어요. 여전히 예쁘고 대학 때 모습 그대로여서 그런지 사람들 속에서도 확 눈에 띄더라고요. 그런데 어딘지 모르게 우울해 보였어요. 그리고 늘 혼자였어요. 이상하리만치 외로워 보였어요. 걔가 원래 외로움을 잘 타거든요. 보호해주고 싶은 그런 여자들 있잖아요.

네, 지원이랑은 대학 때 잠깐 사귄 사이에요. 착하고 예뻐서 그런지 저 말고도 좋아하는 녀석들이 꽤 많았어요. 저는 물심양면으로 지원이한테 잘해줬어요. 지원이가 원래 거절을 잘 못 하는 성격이라는 걸 알고, 이것저것 열심히 아주 열심히 챙겨줬어요. 처음엔 경계하는 것 같더니 나중엔 편안한지 오빠, 오빠 하면서 잘 따르더라고요. 꼭 귀여운 강아지 같았어요. 아시겠지만 남녀 사이에 꼭 사귀자고 말로 해야 사귀는 거 아니지 않습니까? 같이 밥 먹고, 같이 도서관 다니고, 수업 같이 듣고, 집에 바래다주고, 주말에 데이트하고. 다들 학과에서는 사귄다고 알고 있었는데 지원이가 불같이 화를 내면서 아니라고 했다는 거예요. 지원이의 그런 모습을 처음 봐서 다들 당황했다고 하더라고요. 그래서 물어봤죠. 그랬더니 오빠가 뭔가 착각을 한 것 같다고 하면서 미안하다잖아요. 차라리 뻔뻔하게 굴었으면 욕이나 한바탕해주고 말았을 텐데, 정말 미안하다면서 눈물까지 흘리는 거예요. 자기가 행동을 똑바로 하지 못한 게 너무 후회된다나 뭐라나 그러면서요. 정말 황당했습니다. 착한 건지 착한 척하는 건지.

그 이후로도 저만 보면 죄인처럼 굴었어요. 일부러 피하기도 하구요. 졸지에 너무 착한 애한테 완전 몹쓸 짓한 나쁜 놈이 돼버렸다니까요. 제가 얼굴 들고 다닐 수 있었겠습니까? 그래서 따로 지원이를 불렀죠. 처음에는 다독였어요. 그런 표정으로 나를 보지 마라. 그런 표정을 보면 너무 화가 난다. 네가 미안해하면 너를 향했던 내 감정은 뭐가 되는 거냐. 우리 다 털어버리고 편안한 선후배로 돌아가자. 그랬더니 지원이가 또 울더라고요. 이런 빌어먹을! 그 모습을 지나가던 애들이 본 모양이에요. 얼마나 꼬락서니가 웃겼겠습니까. 좋아했던 여자애한테 까인 것도 모자라 싫다고 울고불고하는 애한테 집착이나 하는 미친놈이 돼버렸잖아요.

　근데 웃긴 게 뭔 줄 아세요? 저 같은 놈이 한두 명이
아니었다는 거예요. 지원이가 졸업할 때까지 저처럼 사
귀는 줄 알고 있다가 차인 애들이 꽤 됐어요. 개 중에는
키스를 했다는 놈도 있었고, 같이 잤다는 놈도 있었어요.
첨엔 다들 반신반의했다가 지원이랑 그렇고 그랬다는 애
들이 부지기수로 늘어나니까 학교에 소문이 이상하게 돌
더라고요. 지네끼리 싸우는 놈들도 나타나고. 여자애들
도 더 이상 지원이를 감싸주지 않았어요. 지원이가 눈물
흘리고, 미안한 표정으로 사과하는 게 다 자기한테 유리
하도록 하기 위한 계산된 행동이라면서. 남자애들이 예
쁘다고 하니까 다 가지고 논거죠.

　동기들 중에서 미라랑 친한 편이었는데, 개가 어학연수
가니까 자기도 휴학을 해버리더라고요. 혼자 버틸 자신이
없었나 봐요. 미라요? 네, 둘이 단짝이었어요. 방학 때면
알바도 같이 하고, 수업도 같이 듣고. 여자애들끼리 떼

지어 다닐 때도 늘 둘이 짝이었어요. 지원이에 대해서는 미라한테 물어보는 게 제일 빨랐어요. 둘이 친한 거 알고 일부러 미라한테 잘해주는 남자애들도 꽤 있었어요.

　저는 학점 이수하고 계속 취업 준비했어요. 지원이가 진짜 무서운 게 4년 내내 장학금을 놓친 적이 없어요. 애들이 앞에서는 대단하다고 칭찬하면서 뒤에서는 진짜 싫어했어요. 아무리 해도 지원이를 이길 수 없으니까. A⁺을 받기 위해 태어난 애처럼 수업 때마다 맨 앞에 앉아서 진짜 열심히 했어요. 같이 중간고사 준비했던 적이 있었는데 정말 존경스러울 정도로 열심히 하더라고요. 나중에 안 좋은 소문이 퍼지니까 교수님들 잘 후려서 점수 잘 받았다는 얘기도 있었는데 그건 아닌 것 같아요. 교수님도 그렇게 열심히 하면 당연히 점수 잘 주고 싶을 거예요. 어쨌든 스펙은 최고였으니까 4학년 2학기 되자마자 바로 취업이 되더라고요. 학과 홈페이지에 축하 글이 올라왔는데 아무도 댓글을 안 달았어요. 졸업식 때도 오지 않았어요. 지원이가 단상에 올라가서 상을 받는 거였는데 불참해서 다른 애가 받았던 기억이 나요.

졸업한 뒤에도 어쩌다 학교에 갈 일이 있으면 후배들이 지원이에 대해 꼭 물어봤어요. 아마 교수님들이 소문을 낸 모양이에요. 얼굴도 예쁜데 4년 내내 과 수석하고, 졸업도 하기 전에 꿈의 직장에 취직했으니 너무 궁금하겠죠. 말하고 있는 제가 봐도 부러운 인생이네요.

그러니까, 몇 년 만이더라. 졸업하고 거의 7~8년 만이었던 것 같아요. 처음엔 저를 못 알아보더라고요. 제가 학교 다닐 땐 이 정도로 몸이 붇지 않았지만 그래도 못 알아볼 정도는 아닌데. 너무 기억을 못 하니까 민망했어요. '나 규현이야'라고 말하니까 그제야 저를 알아보고 어떤 표정을 지어야 할지 난감해하더라고요. 괜히 아는 척을 했나 싶기도 했지만 그동안 어떻게 살았는지 되게 궁금했어요. 조금 떨리는 목소리로 대학 다니던 그때처럼 저를 '규현 오빠'라고 부르면서 잘 지냈냐고 묻더라고요. 지원이가 웃는 모습이 쫌 예쁘거든요. 오랜만에 막 설레었어요. 용기를 내서 시간 되면 저녁이나 하자고 하니까 흔쾌히 알았다고 하는 거예요. 사실 거절당할 줄 알았는데. 약속 시각까지 도저히 못 기다리겠더라고요. 심장이 터질 것 같았거든요.

자기 회사 근처에 아는 곳이 있다면서 그리로 가자고 했어요. 주차장이 따로 없다고 해서 근처에 차를 세워두고 같이 걸어갔어요. 결혼했냐고 물으니까 아직, 이라고 하더라고요. 아직 애인도 없다고. 저는 아들 사진 보여주면서 어깨가 무거워졌다고 엄살을 피웠어요. 지원이가 또 아까처럼 웃었어요.

찾아간 곳은 일본식 선술집이었어요. 단골 가게인지 주인이 지원이를 보면서 먼저 인사를 했어요. 선술집은 칸막이 형태로 되어 있었고 조명이 좀 어두웠어요. 초밥 도시락이 맛있다고 하더라고요. 뭐, 사케도 한 잔씩 했어요. 출출하던 차에 뜨끈한 정종이 들어가니까 긴장이 확 풀리면서 살짝 졸음이 몰려왔어요. 지원이는 학교 다닐 때도 자기 이야기는 거의 안 하고 남의 이야기를 들어주는 걸 좋아했어요. 아무리 시시한 이야기를 해도 까맣고 커다란 눈동자를 이리저리 굴리면서 열심히 듣는 모습을 보면 머리를 쓰다듬고 싶어진다니까요.

네, 옛날이야기를 하다가 저도 모르게 지원이 머리를 쓰다듬었어요. 네, 손도 잡았어요. 진짜 저도 모르게 그랬어요. 진짜예요.

씨발, 전 때릴 생각은 없었어요. 그런데 그년이, 아니 걔가 갑자기 예전에 그 미안한 표정을 짓는 거예요. 너무 어이가 없으면서 쪽팔리더라고요. 내 마음을 갈기갈기 짓밟아 놓고 짓던 표정이었는데, 지금도 여전히 그 표정을 하고 나를 바라보니까 이성을 잃었던 것 같아요. 그때처럼 볼품없고 저 좋아서 벌벌 기는 놈이 아닌데, 걔는 하나도 변하지 않은 표정으로 저를 바라봤어요.

지원이 머리통을 세 번 정도 후려갈겼던 것 같아요. 머리가 막 흐트러졌는데도 저를 계속 노려봤어요. 여전히 그 표정으로요. 저는 온갖 별의별 욕을 다 해줬어요. 제 눈을 피하지도 않고 노려보는데 지원이 눈에서 눈물이 흐르더라고요. 그때서야 정신이 돌아왔어요. 아까 봤던 가게 주인이 오더니 저를 막아섰어요. 아마도 제가 이럴 걸 알고 자기 단골집으로 데려왔나 봐요. 저는 가게 주인이랑 실랑이하다가 뒤도 안 돌아보고 도망쳤어요. 제가 나가는데 옆 테이블에서 동영상을 찍고 있더라고요. 유포라도 돼서 회사에서 알게 될까 봐 덜컥 겁이 났어요. 저는 대리를 부를 정신도 없어서 차도 버리고 그냥 택시 타고 집으로 왔어요.

저 때문인가 봐요. 아무래도 저 때문에, 제가 두 번이나 몹쓸 짓을 해서 걔 인생을 망쳤나 봐요. 며칠 동안이나 멍하니 우울한 표정으로 있길래 일부러 아는 척을 한 건데, 선배로서 따뜻한 밥이나 한 끼 사 주려고 한건데. 다 저 때문이에요. 제가 그 애 인생을 망친 것 같아요. 제가 죽일 놈이에요.

*

　제가 재수를 해서 한 살 많아요. 지원이만 저한테 언니라고 불렀어요. 처음엔 애가 참 깍듯하고 예의 바르다고 생각했죠. 다른 동기들이요? 그냥 제 이름 불렀죠. '미라야' 아니면 '박미라' 뭐, 이렇게요. 어차피 제가 12월생이라 몇 개월 차이도 안 나거든요. 언니라고 부르는 거 당연히 껄끄럽지 않겠어요? 저 뿐만 아니라 동기 애들도 민망했는지 지원이한테 다들 한마디씩 했어요. 동기인데 언니가 뭐냐고, 웃긴다고. 그럼 지원이는 알아들었다는 듯이 생글생글 웃다가 다음번에 만나면 또 언니라고 불렀어요. 그냥 이름 불러도 된다고 수십 번도 넘게 이야기했는데도 늘 언니라고 불렀어요. 그래서 '아, 애는 날 언니로 부르고 싶은 모양이구나' 생각하고 포기했죠. 근데 사실 좀 짜증 났어요. 내가 널 언니라고 부르겠다는데 니들이 왜 못 부르게 하냐고 우기는 것 같았거든요.

　지원이는 쓸데없는 고집 같은 게 있어요. 저는 그런 점들이 너무 숨 막혔어요. 이기적으로 보이기도 했고요. 왜 그런 애들 있잖아요, 고등학교 때 보면 뭐든지 최선을 다 하는 애들. 주변 사람한테 불편을 끼치든 말든 물불 안 가리고 울면서도 해내는 애들이요. 지원이가 딱 그랬다 니까요. 여자애들이 얼마나 싫어했는데요. 자신은 늘 주 목받는 게 불편하다고 말했지만 눈에 띄는 행동만 했어 요. 욕심부리는 게 다 보이는데도 정작 본인은 모르더라 고요. 애들은 지원이랑 조별 과제 하는 걸 굉장히 싫어했 어요. 다 적당히 하고 싶어 하니까 지원이 성에 안 찼겠 죠. 반드시 자기가 다 검토하고 모자란 부분 보충한 후에 제출했어요. 애들은 꼭 숙제검사받는 것 같다면서 기분 나빠하고요. 결국 A⁺ 받아야 직성이 풀렸어요. 다른 애들 은 그렇게 악착같이 안 해도 되지만 지원이는 장학금 못 받음 안 되니까 더 안달을 떨었던 거죠.

공교롭게도 남자애들은 지원이의 그런 면을 되게 다르 게 보더라고요. 생긴 것만 예쁜 줄 알았는데 의외로 자기 고집도 있고 똑똑하고 야무져 보인다면서 매력으로 받아

들였어요. 여중, 여고였으면 아마 왕따를 당해도 몇 번은
당했을 텐데. 오죽하면 알바 할 때도 단톡방에서 대화하
는 것 말고 따로 연락도 안했겠어요. 심지어 같은 학교인
데. 알바요? 네, 맞아요. 지원이가 저 소개해준 거예요.
그게 왜요? 지원이한테 먼저 연락이 왔어요. 제가 만나
는 애들마다 알바 할 때 없냐고 이야기했거든요. 주로 영
선이랑 놀았어요. 사실 지원이랑 있기 싫어서 영선이 부
른 거예요. 영선이는 부르기만 하면 무조건 달려오거든
요. 기다렸다는 듯이. 누가 그래요? 영선이가요? 저랑
지원이가 싸웠다고요? 걔는 잘 알지도 못하면서 함부로
말하고 다니네. 단둘이 만나면서 친한 척한 게 누군데.
그러더니 제 결혼식 때문에 못 온다고 대신 조의금 부탁
했다니까요. 영선이가 그런 애예요.

　지원이랑 저랑 의견 마찰이 있긴 했어요. 원래 단톡방
이라는 게 그래요. 여러 명이 한꺼번에 이야기하니까 이
런저런 이야기가 뒤섞이게 마련이고 말로 하는 게 아니
다 보니 자기가 해석하고 싶은 대로 해석하고. 이젠 잘

기억도 안 나지만 아마 지원이가 제 말을 오해했을 거예요. 제가 규현 오빠랑 사귀는 거 다 안다면서 축하한다고 했거든요. 그랬더니 막 화를 내면서 제가 이상한 말을 퍼뜨리고 다닌다는 거예요. 전 애들한테 들은 이야기를 했을 뿐인데 너무 황당했죠. 단톡방에서 지원이 좋아하는 남자애가 한 명 있었는데 걔도 지원이가 너무 심하다 싶었는지 제 편을 들어주더라고요. 잘 모르고 한 얘기 같은데 너무 몰아세우는 거 아니냐고. 그때 영선이도 지원이한테 너무 하는 것 같다고 말했어요. 제가 똑똑히 기억해요. 아무튼 지원이는 곧바로 단톡방에서 나갔어요. 그런데 그 누구도 다시 초대를 안 하는 거예요. 싸운 제가 초대할 순 없잖아요. 그렇게 시간이 흘러서 우리들끼리도 자연스럽게 흐지부지 됐어요.

졸업하고 나선 가끔 영선이한테만 지원이 소식 들었어요. 엄청 예뻐졌다나 뭐라나. 예전에는 볼 때마다 맨날 촌스럽다고 외모 지적하더니 프라다인지 샤넬인지 가방이 너무 잘 어울린다고. 역시 대기업 다니니까 때깔이 달라졌다고. 씹는 건지 칭찬인지 모르겠지만 암튼 그렇게 말했어요.

　지원이랑요? 단둘이 만난 적은 한 번도 없어요. 왜 그런 애들 있잖아요. 떼 지어 만날 때 한 번쯤은 볼 수 있지만 단둘이서는 왠지 꺼림칙한. 아, 정정할게요. 꺼림칙하다는 표현이 좀 이상하네요. 원래 저는 마음속에 담아둔 말을 입 밖으로 꺼내지 않으면 못 견디거든요. 그건 나와 대화를 하고 있는 상대방에 대한 예의가 아니라고 생각해요. 그래서 그런지 저는 지원이가 불편했어요. 대화라는 게 그렇잖아요. 내가 하나를 주면 상대방도 하나를 줘야 공평해지고 그래야 이야기할 맛이 나는데 두 개를 줘도 상대방이 웃음으로 때우거나 긍정도 부정도 아닌 알 수 없는 표정만 짓고 있으면 이야기할 맛이 뚝 떨어지잖아요. 안 그래요? 네, 지원이가 딱 그랬어요.

　학교 다니면서 서로 좋으면 사귈 수도 있고 사귀다가 싫어지면 헤어질 수도 있는 거지. 그런 것만 물어보면 정색을 하고 입을 다물었다니까요. 자기가 누구 만나는 게 뭐가 그리 대단한 일이라고 맨날 쉬쉬하는지. 누가 보면 연예인인 줄 알았을 거예요. 누구였더라, 지원이한테 대놓고 '만인의 연인'이 되고 싶은 거냐고 비아냥거렸다니까요. 그러다 보니 학과 내에서 각별히 친한 사람도 없었어요. 남자애들은 몰라도 여자애들은 고등학교 때 버릇이 남아있어서 늘 서로 챙겨줘야 하는 단짝 같은 걸 만들잖아요. 학과에 여자들이 별로 없어서 우리는 무리 지어서 늘 같이 다녔거든요. 그런데 지원이는 특별히 친하게 지내는 친구도 없이 4년 내내 혼자였어요. 혼자 너무 잘 돌아다녔어요. 뭐하고 왔냐고 하면 혼자 영화를 보거나, 강연 같은 걸 들었다고 했어요. 대부분 여자애들은 밥도 같이 먹고, 시간표도 비슷하게 짜고, 과제도 함께하려고 했는데 그 애는 혼자 밥도 잘 먹고, 시간표도 잘 짜고, 과제도 잘해 오더라고요. 저를 포함해서 애들은 그냥 혼자 놀기 참 좋아하는 애구나, 우리랑 놀기 싫은가 보다 생각했죠. 걔는 멀쩡히 잘 다니는데 오히려 우리가 눈치를 봤다니까요. 왕따 시키는 것처럼 보일까 봐.

남자들 사이에서는 지원이가 누구랑 사귀게 될까가 초

미의 관심사였어요. 마치 자신들이 정복하고 싶은 존재인 것처럼 무조건 모이기만 하면 지원이 이야기를 했거든요. 여자애들은 그런 이유로 점점 더 지원이를 싫어했고요. 저도 마찬가지였죠. 지원이가 어떤 애인지도 모르면서 얼굴 좀 예쁘장하다는 이유로 모든 것들이 미화됐으니까. 지원이한테 대시한 사람도 엄청 많아요. 제가 들은 사람만 스무 명이 넘었으니까요. 심지어 교수님들도 각별히 여겼어요. 제가 어학연수 갔다 돌아오니까 이미 취직했다고 하더라고요. 뭐, 당연하다고 생각했어요. 워낙 잘난 애니까.

아, 규현 오빠요? 그 오빠도 좀 이상했어요. 자기가 지원이랑 사귄다고 여기저기 떠들고 다녔거든요. 나중에 알고 보니까 썸만 타다 말았다고 하더라고요. 그 오빠 입장에서는 억울했는지 대놓고 지원이 욕을 하고 다녔어요. 자세히 들어보니까 그 오빠도 오해할 만했어요. 사귄다고 말만 안 했을 뿐이지 사귀는 거나 마찬가지였거든요. 암튼 그 오빠도 지원이를 너무 많이 씹고 다녀서 되레 욕을 먹기도 했어요.

그런 소문이 한두 번이 아니었어요. 지원이랑 좀 가까워졌다고 오해받은 남자들이 다들 시간이 지나면 죄다 지원이를 씹고 다녔거든요. 남자들이 모이기만 하면 그렇게 칭찬 일색이더니 어느 때부터는 다들 지원이 욕만 했어요. 4학년 선배들 중엔 지원이랑 잤다는 둥, 관계를 가질 때 어떤 체위를 좋아한다는 둥, 어떤 부류의 남자를 선호한다는 둥 이상한 말이 나돌았어요. 근데 소문이 너무 구체적이니까 다들 믿는 분위기더라고요. 워낙 혼자서 잘 돌아다니니까 오해받을만했죠.

동기 모임에 두어 번 정도 나오고 그 이후론 연락이 안 됐어요. 영선이 SNS에 지원이 사진 진짜 많아요. 누가 보면 대단한 절친인 줄 알 정도예요. 영선이가 최근에 만났을 때 좀 이상했대요. 술에 취해서 횡설수설했다나. 그날 분위기 굉장히 안 좋아서 도망쳤다고 하더라고요. 네, 도망이요. 이렇게 극단적인 선택을 할 만큼 나약하지 않다고 생각했는데 놀랐다면서 그때 힘들어하는데도 모른 척한 거 같아서 미안했대요. 남들은 한 개만 있어도 부러운 능력을 다 가진 애가 이렇게 허망하게 떠나다니. 하긴 회사 생활도 힘들었을 거예요. 자기 속내를 솔직하게 내보이고 친해지는 성격이 못 되니까요. 학교보다 회사에서 더 못 견뎠을 거예요.

어머, 우울증약을 먹고 있었다고요? 뉴스에서만 봤지 우울증 때문에 자살하는 사람 주변에서 처음 봐요. 실감이 안 났는데 우울증이 정말 무서운 거구나. 가족들도 몰랐대요? 지원이네 가족이 유독 돈독했거든요. 부모님 너무 속상하시겠다. 맨날 친언니 자랑을 해서 저도 그런 언니 있으면 좋겠다고 생각했다니까요. 아뇨, 전 외동딸인데요.

잠깐만요, 저 사람 누구야? 규현 오빠? 완전 뻔뻔하다. 어떻게 여길 오냐. 지원이한테 미안하지도 않나봐. 결혼했다더니 완전 편안한가 보네. 너무 살이 쪄서 누군지 못 알아볼 뻔 했어.

*

대학교 3학년 때였나. 하루는 지원이가 울고 들어온 적이 있었어요. 너무 깜짝 놀라서 무슨 일이냐고 물어봤더니 아무것도 아니라고 하더라고요. 아무리 언니지만 말하고 싶어지면 하겠지 싶어서 그냥 내버려 뒀어요. 다음 날이 되어도 안 일어나서 방문을 열어보니까 열이 막 오르면서 신음을 하는 거예요. 얼마나 아팠었는지 헛소리까지 하더라고요. 응급실에 갔는데 대뜸 의사가 하는 말이 누구한테 맞았냐는 거예요. 제가 아픈 애를 붙잡고 막 다그치니까 울면서 말하더라고요.

규현인가 뭔가 하는 선배가 자기랑 사귄다고 떠들고 다녔다는 거예요. 복학한 선배라고 하더라고요. 군대 다녀왔으니까 저보다도 나이가 많았어요. 선배가 이것저것 다 챙겨주니까 너무 고마웠대요. 교수님들 시험 출제 스타일도 알려주고, 예전에 봤던 시험지도 갖다 주고. 부모님이 저희 뒷바라지해 줄 형편이 못되셔서 꼭 장학금 받아야 했거든요. 장학금 못 받으면 휴학하고 아르바이트 해야 하니까요. 휴학하면 그만큼 시간을 버리는 거잖아요. 그럼 취업하는데 문제 생기고. 저요? 저는 몇 번 못 받아서 어쩔 수 없이 학자금 대출받았죠. 전 도저히 4년 내내 장학금은 못 받겠더라고요. 그러려면 진짜 공부만 해야 하거든요.

규현인가 하는 애랑 친하면 학점 따는데 유리하겠다 싶어서 제 딴에는 도움을 좀 받았나 봐요. 그런데 주변에서 이상한 오해들을 하니까 그때서야 선배를 이용하고 있다는 생각이 들더래요. 모른 척 보고만 있으면 상황이 더 나빠질 것 같아서 그 선배를 따로 만나서 사과를 한 모양이에요. 오해하게 만들어서 미안하다고. 그랬더니 갑자기 강제로 끌어안고 키스를 하려고 했대요. 강하게 거부하니까 욕을 하면서 여기저기 막 때렸다고 하더라고요. 지원이가 그 말을 하면서 우는데 너무 어이가 없었어요. 맘대로 안 된다고 여자나 패다니. 진짜 피가 거꾸로 솟았어요. 제 동생은 너무 착해 빠져서 걔가 화가 정말 많이 난 것 같다고 오히려 걱정을 하더라고요. 네가 미안해할 일이 아니라고 해도 자기가 그 선배 마음을 이용하려고 했다는 거예요. 벌벌 떨면서 너무 무서워했어요.

얼마나 때렸는지 시간이 갈수록 몸 구석구석 멍이 퍼지기 시작했어요. 머리로 가리고 있어서 몰랐는데 눈가에도 멍이 잔뜩 들어있었어요. 어떻게 얼굴을 때릴 수가 있는지. 도저히 참을 수가 없어서 부모님께 당장 전화해서 지원이가 당한 일을 말씀드렸어요. 분명 무슨 조치를 취해주실 거라고 믿고요. 그런데 아빠가 도대체 행실을 어떻게 하고 다녔길래 그런 소문이 나냐면서 오히려 막 화를 내시는 거예요. 솔직히 너무 당황스러웠어요. 아빠한테 배신감까지 느껴지더라고요. 어떻게 딸을 가진 아빠가 돼서 저렇게 말할 수 있지 싶었어요. 아빠는 평소에 지원이를 자랑스러워하셨거든요. 제가 질투가 날 만큼이요. 자라면서 부모님 속 한 번 안 썩였어요. 언니인 제가 봐도 부러운 동생이었어요.

아빠는 노발대발하시면서 당장 휴학하고 집으로 내려가자고 하셨어요. 감정적으로 처리하려는 아빠가 너무 짜증났어요. 물론 딸한테 흠이 될까봐 그렇다는 건 알지만 제가 아빠라면 그 자식한테 쫓아갔을 거예요. 그런데 계속 당장 집에 가자는 말만 되풀이했어요. 고개도 못 들고 우는 애 앞에서 얼마나 다쳤는지 물어보지도 않고. 지원이한테 미안해지더라고요. 그냥 우리끼리 해결할걸. 괜히 부모님한테 말했나 싶었어요. 결국 그 일 때문에 다음 학기 휴학했어요. 집에는 안 내려갔어요. 지원이도 아빠랑 같이 있기 싫었나 봐요. 엄마만 가끔 올라오셔서 이것저것 챙겨주셨어요.

한 학기만 쉬고 바로 복학하더라고요. 금방 4학년이 됐고, 2학기 때 취업원서 내자마자 합격했어요. 마지막 학기는 학교에 거의 안 나갔던 것 같아요. 졸업식에도 안 갔고요. 그 이후로는 별문제 없어 보였어요. 식구들 모두 그냥 지나가는 바람 같은 거라고 생각했어요. 지원이가 아무 말도 안 하니까 정말 다 나았다고 생각했어요.

저도 몰랐는데 지원이가 회사에 다니면서 여러 차례 상담을 받고 있었어요. 신경정신과요. 의사 선생님이 제 동생 보고 피해망상이라고 했대요. 모든 일을 자기 탓으로 돌리려고 한다고요. 회사에서도 주변에 그걸 악용하려는 사람들이 있었나 봐요. 불면증 때문에 약도 처방받고 있었어요. 같이 살면서도 전 하나도 몰랐어요. 제 딴에는 동생 배려한답시고 스스로 말하기 전에는 안 물어봤는데 그게 더 독이 된 거 같아요.

복학하기 전에 한 학기만 더 쉬고 싶다고 했었어요. 학교 갈 자신이 없다고. 하지만 부모님은 요즘같이 취업하기도 어려운 시기에 일 년이나 휴학하는 건 안 된다고 하셨어요. 당시에 제가 두 번째 임용 시험 준비를 하고 있던 시기여서 부모님이 꽤 예민해 계셨는데 지원이 마저 저처럼 될까 봐 무척 걱정하셨던 것 같아요. 지원이는 그 이후로 아무 말도 하지 않았어요. 다들 그냥 해본 소리구나 했죠. 졸업도 하기 전에 취업했을 때 부모님이 굉장히 기뻐하셨어요. 저도 곧바로 임용고시에 합격했고요. 그때가 저희 식구들이 가장 행복했던 때 같아요. 아빠가 좀 무리해서 가족 모두 유럽으로 일주일 간 여행을 다녀왔어요. 저는 진짜 좋았거든요. 세상의 모든 걱정거리가 다 해소되고, 앞으로 우리 가족한테는 행복한 일만 계속 일어날 것 같았어요. 너무 행복하면 어쩌지, 하면서 걱정을 다 했다니까요.

유품 정리하면서 그때 찍었던 사진을 다시 보니까 지원이가 어딘가 모르게 우울한 얼굴을 하고 있는 거예요. 그때는 잘 몰랐는데 웃고 있어도 슬퍼 보이더라고요. 그러고 보니 함께 다닐 때마다 엄마가 지원이한테 계속 그랬던 것 같아요. "우리 막내딸, 왜 이렇게 기운이 없어, 어깨 좀 펴고 걸어." 분위기 망치지 않으려고 애써 웃었을 동생을 생각하니까 너무 가슴이 아파요.

사실은…… 동생이 병원에 다니고 있는 걸 알고 있었

어요. 회사 일이 워낙 고되니까 스트레스 때문이라고 넘겨 버렸어요. 요즘은 정신과 다니는 사람들이 너무 흔해졌으니까 지원이도 그 정도인 줄로만 알았어요. 저도 학교 일이 손에 안 익어서 동생까지 챙길 여력이 없더라고요. 늘 저보다 의지도 강하고 잘 해내는 애니까 알아서 잘하겠지 생각했어요. 누구보다 남한테 의지하는 걸 싫어하니까 언니로서 해줄 수 있는 게 별로 없었어요. 자기세계가 확실하고 그 속에서 즐기는 걸 좋아하는 애니까 아무 문제없을 거라고 덮어놓고 믿었어요.

사람들이요? 학교 애들은 만난다는 이야기를 못 들어봤어요. 영선인가 같이 알바했던 애만 가끔 만나더라고요. 재미있었냐고 물어보면 응, 이라고만 대답했어요.

제가 갑자기 임신을 하면서 급하게 결혼을 하게 됐어요. 언니로서 제가 할 수 있는 건 지원이 집 근처로 신혼집을 얻는 거였어요. 갑자기 지원이가 혼자 살게 되니까 걱정되더라고요. 주변에 살면 자주 챙겨줄 수 있을 줄 알았는데 지원이도 바쁘고, 주말에는 제가 시집에 가거나 남편이랑 볼 일이 있으니까 거의 못 만나게 되더라고요. 입덧도 심하고 유산 끼도 있고 하니까 제 몸 하나도 건사하기 힘들었어요. 사실 지원이를 챙길 여력이 하나도 없었어요.

떠나기 얼마 전에 말도 없이 갑자기 찾아온 적이 있었어요. 둘만의 시간이 너무 오랜만이라 반가웠어요. 어린 시절 이야기도 하고, 부모님이 찍어주신 앨범도 보면서 한창 옛날이야기를 했어요. 얼른 조카 보고 싶다고 해서 너무 일찍 나오면 큰일이라면서 좀 참으라고 했던 기억이 나요. 그때 지원이가 깔깔거리며 웃었는데.

이런저런 이야기를 하다가 말끝에 우연히 학교 선배를 만났다고 하더라고요. 먼저 아는 척을 해서 놀랐다고요. 같이 밥도 먹고 술도 마셨다고 해서 저는 규현인가 뭔가 하는 그 자식일 거라고는 상상도 안 했어요. 그저 분위기가 남자인 것 같길래 그 선배가 결혼했냐고 물었더니 결혼도 하고 아기 사진도 봤다고 하더라고요. 그러면서 하는 말이 시간이 이만큼 흘러서 자신이 분명 달라졌을 거라고 착각했다는 거예요. 제가 사람은 원래 안 변한다고 하니까 동생이 씁쓸하게 웃으면서 '그러게 말이야' 하더라고요. 피하지 않고 맞서다 보면 분명 이겨낼 수 있다고 생각했는데 너무 무서워서 아무것도 하지 못했다고. 무슨 일 있었냐고 물어보니까 아무 일도 없다고 얼버무렸어요. 학교 사람들 만나는 게 여전히 힘든 것 같다고만 생각했어요.

나중에 미라한테서 규현이라는 이름을 듣는데 온몸에 소름이 돋았어요. 저도 이런데 제 동생은 얼마나 무서웠을까요. 매번 제 삶에 치여서 동생이 죽을 만큼 괴로워했는지도 몰랐어요. 그날 그렇게 보내는 게 아니었는데. 끝까지 붙잡고 무슨 일인지 물어봤어야 했는데. 너무 후회돼요. 그 생각만 하면 가슴이 너무 아파요. 그저 시간을 되돌릴 수 있다면 좋겠어요.

제 동생이 너무 미련한 선택을 한 것 같아 너무 밉네

요. 전 정말 어찌해야 할지 모르겠어요. 부모님이 슬픔에서 헤어 나오지 못할까 봐 너무 무서워요. 제 아이에게 나쁜 영향을 줄 것만 같아 너무 조심스러워요. 이젠 지원이를 떠올리지 않을 거예요. 왜 죽음을 선택해야 했는지 궁금해하지도 않을 거예요. 저는 살아남은 가족들만을 위해서 살 거예요. 제 동생이 너무, 정말 너무 미워요.

언제부터였을까. 제대로 하는 것 없이 흐지부지 끝나기 일쑤인 내가 작가라는 타이틀이 달고 싶어 전전긍긍하던 때가. 기억 속에서도 까마득한 걸 보니 정말 오래되긴 한 모양이다.

뭐가 문제인지 모르겠어. 이번엔 꼭 될 줄 알았거든. 나뿐 아니라 주변 사람들도 그랬어, 나 아니면 누가 되냐고. 나보고 이 짓을 또 하라고? 차라리 죽으라고 해.

—〈답답한 재주를 가진 남자〉에서

매번 떨어지는 이유를 알고 싶었다. 당연히 이유를 알려 주는 사람은 없었다. 매번 떨어질 줄 알면서도 시험을 보는 기분이었다. 결국 나는 등단과 어울리지 않는 사람이

란 걸 깨달았다. 다음 스텝이 없어졌다. 나는 꼬이기 시
작했다.

'더 이상 나는 그놈의 좋은 회사가 원하는 인재상이 될 수 없어
요!'라고 당당하게 말해버리면 공채 시즌이 닥칠 때마다 가슴
졸이며 두려워하지 않아도 될 텐데 말이다.

　　　　　　　　　　　　　　　　　　　－〈권태로 빚은 청춘〉에서

작가 말고는 생각해 본 적이 없는데, 그럼 무얼 해야 하
지? 아마 그때부터 열심히 변명하지 않았나 싶다. 마치
열심히 하지 못하는 질병에 걸린 사람처럼. 나는 설렁설
렁 나이를 먹어갔다. 시간은 차곡차곡 흘러갔다.

나는 왜 태어났을까? 가슴속에서 답을 찾을 수 없는 질문들이 쏟아져 나왔다. 가슴이 미어터지도록 아파 왔다.

　　　　　　　　　　　　　　　-〈아주 고약한 독백〉에서

우여곡절 끝에 첫 소설집을 낼 기회가 찾아왔다.

그러면서 생각했어. 어차피 가르치는 일은 똑같은데 내가 너무 자리를 가린 게 아닌가 하고. 네가 어떻게 생각할지 모르지만 학원이 내가 생각했던 것만큼 몹쓸 곳은 아니었어.

　　　　　　　　　　　　-〈답답한 재주를 가진 남자〉에서

소중한 기회를 날리고 싶지 않았지만, 불안으로 가득 찬 마음은 쉽사리 비워지지 못했다. 사람들 말에 휘둘릴 때마다 핑계를 찾으며 뒷걸음질 쳤다. 써 내려간 글이 전부 오류투성이로 보였다. 좋은 기회가 눈앞에 있는데도 즐길 줄 모르는 멍청이. 시간이 흘러갔다, 차곡차곡.

그는 누구의 눈치도 보지 않았다. 차안대를 두른 경주마처럼 자신이 늘 옆에 끼고 다니는 책 이외엔 도통 관심이 없었다. 이런 인간상은 처음이었다.

−〈어퍼컷〉에서

"난 왜 이렇게 생겨먹었을까?"
"맞아, 넌 새가슴이지. 그래서 내가 널 좋아하잖아."

달라도 괜찮다 말해주는 사람들이 많은 세상이 왔으면

좋겠다. 나는 글을 통해 그 말을 하는 중인데, 독자들도 동참했으면 좋겠다. 더불어 날 닮은 소설 속 주인공들도 모두 아프지 말고 오래오래 건강했으면 좋겠다.

많은 도움을 주신 고용석 대표님께 감사드린다. 이미 능력은 갖췄으니 밀어붙이는 힘만 키우면 된다고 북돋아주셨다. 나에겐 더할 나위 없는 칭찬이었다.

나태함을 달고 사는 딸에게 매일 갓 지은 밥을 제공해주시는 어머니 천정옥 씨께 이 책을 바친다. 자식만을 위해 바친 당신의 인생에 이 책이 한 톨의 위안이 되었으면 좋겠다. 꽃다운 나이가 서러웠을 우리 아버지도 함께 기뻐하셨으면.

뭐, 다들 그렇지 않나요? 먹고사는 게 바쁘잖아요? 연락도 안할 거면서 왜들 그렇게 연락처는 물어보는지. SNS에서 누가 그러더라고요. 그놈의 밥은 이미 썩어 문드러졌다고.

—〈그를 죽인 목격자들〉에서

그간 연락 못한 사람들에게 겸사겸사 소식을 전해봐야겠다.

11월의 새벽

진영

답답한 재주를 가진 남자

초판 1쇄 인쇄 | 2018년 11월 23일
초판 1쇄 발행 | 2018년 11월 30일

지은이 | 박진영
펴낸이 | 박진영
펴낸곳 | 리니문고
총괄편집 | 황반장
디자인 | 정태성(표지), 윤이수(본문), 박주호(로고)
등록 | 제2018-000026호(2018년 3월 21일)
주소 | 경기도 수원시 권선구 장다리로 49 (16579)
전화 | 031) 234-7234
팩스 | 070) 7966-6234
이메일 | rinibooks@rinibooks.com
인스타그램 | www.instagram.com/rinibooks/

ISBN 979-11-965204-0-3 (03810)

이 도서의 국립중앙도서관 출판시 도서목록(CIP)은 서지정보유통지원시스템 홈페이지(http://seoji.nl.go.kr)와 국가자료공동목록시스템(http://www.nl.go.kr/kolisnet)에서 이용하실 수 있습니다. (CIP제어번호:CIP2018035554)

※ 잘못 만들어진 책은 구입하신 곳에서 교환해 드립니다.

※ 책값은 뒤표지에 있습니다.

"이 도서는 한국출판문화산업진흥원 2018년 우수출판콘텐츠 제작 지원 사업 선정 작입니다."